As mais belas histórias

— Volume 1 —

~ Clássicos Aut... ~

As mais belas histórias
— Volume 1 —

```
Andersen,
 Grimm,
Perrault
```

3ª REIMPRESSÃO

Apresentação Antonieta Cunha
TRADUZIDO DO INGLÊS POR Ana Carolina Oliveira

autêntica

Copyright © 2016 Autêntica Editora

Todos os direitos reservados pela Autêntica Editora Ltda. Nenhuma parte desta publicação poderá ser reproduzida, seja por meios mecânicos, eletrônicos, seja via cópia xerográfica, sem a autorização prévia da Editora.

EDIÇÃO GERAL
Sonia Junqueira

REVISÃO
Carla Neves
Maria Theresa Tavares

CAPA E PROJETO GRÁFICO
Diogo Droschi
(sobre imagem de Darla Halmark/Shutterstock)

DIAGRAMAÇÃO
Carol Oliveira

Dados Internacionais de Catalogação na Publicação (CIP)
(Câmara Brasileira do Livro, SP, Brasil)

Andersen, Hans Christian, 1805-1875.
    As mais belas histórias, volume 1 / Andersen, Grimm, Perroult ; tradução do inglês por Ana Carolina Oliveira. – 1. ed. 3. reimp. – Belo Horizonte : Autêntica, 2022.

ISBN 978-85-513-0073-2

1. Contos - Literatura infantojuvenil I. Andersen, Christian Hans, 1805-1875. II. Grimm, Jacob, 1785-1863. III. Grimm, Wilhelm, 1786-1859. IV. Perrault, Charles, 1628-1703. V. Título.

16-07718   CDD-028.5

Índices para catálogo sistemático:
1. Contos : Literatura infantil 028.5
2. Contos : Literatura infantojuvenil 028.5

GRUPO **AUTÊNTICA**

Belo Horizonte
Rua Carlos Turner, 420
Silveira . 31140-520
Belo Horizonte . MG
Tel.: (55 31) 3465 4500

São Paulo
Av. Paulista, 2.073 . Conjunto Nacional
Horsa I . Sala 309 . Cerqueira César
01311-940 . São Paulo . SP
Tel.: (55 11) 3034 4468

www.grupoautentica.com.br
SAC: atendimentoleitor@grupoautentica.com.br

Apresentação | 7

O gato de botas | 14

A bela adormecida | 22

Pele de asno | 36

João e Maria | 48

A pequena vendedora de fósforos | 62

O ganso de ouro | 68

Sapatinhos vermelhos | 76

O soldadinho de chumbo | 88

A mesa, o burro e o porrete | 96

O Pequeno Polegar | 106

O Barba Azul | 120

O patinho feio | 130

Os músicos de Bremen | 146

Rapunzel | 154

Apresentação
Antonieta Cunha[*]

Caros pais e professores,

Vocês têm em mãos, possivelmente para sugerir como leitura para suas crianças, uma antologia constituída de uma das formas literárias mais importantes de todos os tempos: os contos de fadas. Nessa leitura, certamente cada um revisitou sua infância e lembrou emoções vividas enquanto essas narrativas eram (re)contadas ou (re)lidas.

Hoje, como ontem, os contos de fadas estão circulando pelo mundo, como clássicos por excelência. Se é verdade, conforme quer o grande autor francês contemporâneo Michel Tournier, que o significado de uma obra de arte pode ser medido pelo número de vezes em que ela é "reescrita" em adaptações e versões variadíssimas, os contos de fadas são de uma importância indiscutível.

A relevância dessas narrativas, no entanto, não impede que, vez a outra, elas sofram restrições, sobretudo a partir do momento em que passam a ser indicadas especialmente para crianças.

Esse é o assunto principal desta introdução, e, para nossa conversa, vale a pena lembrar alguns dados da origem desses contos.

O primeiro ponto a ser considerado é que essas histórias pertencem ao folclore mais antigo, não só da Europa. Com as naturais diferenças devidas à época e ao ambiente, narrativas com núcleo ou tema muito próximos aos do conto de fadas aparecem em culturas mais antigas do que as europeias. E, como acontece ainda hoje, em geral, o folclore não distinguia público: os contos de fadas não eram especificamente para crianças.

Como sempre ocorreu na tradição popular, essas histórias eram passadas oralmente de uma geração a outra, e só começaram a ter registro escrito no fim do século XVII, com o francês Charles Perrault, que quis provar à Academia a importância e a vitalidade

---

[*] Especialista em leitura e literatura para crianças e jovens.

da cultura popular. O livro *Contos da Mamãe Gansa* reuniu histórias que ele coletou entre figuras humildes da população francesa.

Depois dele, já no século XIX, na Alemanha, os irmãos Jacob e Wilhelm Grimm, grandes estudiosos da sua língua pátria e da mais genuína criação do povo alemão, passaram um longo tempo ouvindo as histórias mais tradicionais, e chegaram a escrever 181 contos da tradição oral da Alemanha (embora muitos coincidissem com os pesquisados por Perrault), tentando sempre captar a ingenuidade e o humor dessas narrativas. Seu primeiro livro, *Contos da Infância e do Lar*, de 1810, já evidencia seu interesse em tornar essas histórias ouvidas e lidas também pelas crianças.

Ainda nesse século, na Dinamarca, surge um escritor extraordinário, que, além de registrar os contos populares nórdicos, foi um grande criador de histórias rapidamente adotadas para crianças: Hans Christian Andersen, considerado o criador da literatura infantil. Ao contrário dos anteriores, Andersen é essencialmente triste e lírico, adotando inclusive o final que não é feliz.

Outro dado importante a notar com relação às narrativas de que nos ocupamos é que elas nem sempre apresentam fadas. Por exemplo, não existe essa figura no talvez mais conhecido de todos esses contos, *Chapeuzinho Vermelho*, coletado tanto por Perrault como pelos Grimm. O que todas essas histórias possuem – indefectivelmente – é um elemento mágico, o maravilhoso, responsável por um dom extraordinário, que "põe as coisas em ordem": os inocentes e injustiçados, os pobres desprezados acabam vencendo. A palavra "fada" é da família de "fado", que quer dizer "destino", "sorte" – e o bom destino é garantido pelo extraordinário, que pode surgir de uma fada, um duende, uma bota de sete léguas ou uma galinha de ovos de ouro.

Expostos esses dados iniciais, vejamos algumas restrições levantadas a essas histórias.

Um ponto crucial, já sugerido antes, é a busca de um valor "formativo" nos contos de fadas, uma vez que são preferencialmente apresentados como leitura para crianças, especialmente as mais novas – e aí deparamos com duas críticas de idades diferentes.

A primeira salienta o fato de que, falando de reis e rainhas, de seres imaginários, ou de pessoas que sofrem horrores, abnegadas e resignadas, essas histórias promoveriam a alienação e o conformismo.

A segunda reclamação, mais recente, vem dos "maus exemplos" apresentados por esses contos. Neles, pais muito pobres abandonam seus filhos na floresta, como em *João e Maria*; maridos podem ameaçar com uma surra suas submissas e medrosas esposas, como em *O Pequeno Polegar*; a mentira vale, se é para enriquecer o "mestre", como em *O Gato de Botas*; e, para salvar a pele, o protagonista põe para morrer muitas figuras inocentes, como acontece com as filhas do Ogro, em *O Pequeno Polegar*.

Sem levar em conta a perspectiva do tempo, tais críticas consideram essas histórias com ações e atitudes reprováveis, ou povoadas de figuras fantásticas, prejudiciais à formação dos ouvintes/leitores infantis.

Como responder a essas críticas? O que dizer às pessoas que veem na arte a possibilidade primeira de formar ou deformar o espírito de nossas crianças?

Antes de mais nada, pensemos na experiência de vocês, pais e professores que leem estas páginas: certamente, todos beberam nas águas desses contos. Possivelmente, em diferentes momentos de suas vidas, releram muitos deles. Podem, no entanto, assegurar que não se tornaram assassinos, espancadores de mulheres, ladrões... Nem se tornaram figuras decorativas em seu ambiente: têm opinião, lutam por seus direitos.

Questão importante a considerar, ainda, é a época em que essas narrativas foram contadas e depois registradas: varando séculos, recontadas em lugares diferentes, elas mantêm um fio condutor básico. Fiel à origem, sua ideologia é conservada ao longo dos tempos – exatamente como a literatura de raiz tradicional continua fazendo. Como em nosso próprio folclore, com animais, sacis e figuras populares, todos usando a esperteza e a mentira para vencer os fortes e os poderosos. Vários especialistas insistem neste ponto: alteradas em muitos elementos, retirados os fatos que dão sua sequência típica, tais narrativas perdem o que têm de mais importante.

Com relação a esses "maus exemplos", muitos teóricos reforçam um dado fundamental: a criança (assim como o leitor em geral) sabe que a história que o autor narra não traz fatos reais. O leitor, ou ouvinte, faz um pacto com o autor: sabe que o criador está inventando, e se dispõe a acreditar no que ouve ou lê se a narrativa tiver verossimilhança, quer dizer, uma coerência interna. É a "mentira autorizada", que usamos em todas as artes.

Sobre criar "mentalidades fantasiosas" e alienadas, é preciso lembrar que a fantasia é um componente essencial da nossa personalidade e se comprova em muitas situações do cotidiano do adulto: o sonho, em qualquer dos sentidos da palavra, é uma clara evidência da presença da fantasia em todas as etapas da vida humana.

Quanto à importância da fantasia, sobretudo na formação das crianças, o extraordinário Gianni Rodari avalia que, se as escolas dessem "aula de fantasia" tanto quanto de Matemática, o mundo estaria melhor. (Até porque a fantasia é usada, mesmo na literatura contemporânea, como caminho para falar da realidade mais verdadeira: Ruth Rocha falou de reizinhos mandões durante a ditadura brasileira; Sylvia Orthof falou de uma sociedade autoritária abordando galinheiros; Joel Rufino dos Santos falou da escolha, feita por um pai, de um marido para sua filha, num quase casamento de cutia...)

Por sua vez, outros especialistas, sobretudo psicólogos e psicanalistas, têm demonstrado o quanto tais contos ajudam a criança a crescer, a superar seus medos e aflições: o frio na barriga, os sobressaltos e a descoberta de saídas são importantes na definição de sua estrutura psíquica. Também o perdão, em geral presente nessas narrativas, é ponto importante na compreensão da vida pela criança.

Discutido, ainda que brevemente, o que foi ou é visto como "desvantagem" dos conteúdos dos contos de fadas, gostaria de terminar nossa conversa falando do ponto essencial, aquele que verdadeiramente importa, quando falamos de literatura – tendo ou não como referência os contos de fadas: mais do que a procura desse conteúdo para assegurar uma boa educação para nossas crianças, seria importante pensar no que realmente a arte – e, no nosso caso específico, a literatura – tem de educativa, considerando-se o melhor sentido da palavra "educação".

Hoje, cada vez mais, especialistas reforçam convictamente o que era claro para os antigos: a literatura educa, por princípio, pelo simples fato de ser literatura. Pela construção estética, ela desenvolve a sensibilidade, povoa o imaginário, aprimora a humanidade, abre a mente para uma visão democrática da vida, percebendo as inúmeras possibilidades de interpretação da obra e, por conseguinte, do outro.

Desse modo, o maior valor dos contos de fada é ser literatura (desde que a versão/adaptação escolhida seja adequada). A convicção formada ao longo dos séculos é a de que a ausência dessa literatura é uma lacuna na construção desse ser de que pais e professores querem cuidar, para fazer florescer uma pessoa e um cidadão da melhor qualidade. Independentemente até de, vez ou outra, a criança não gostar da história, ou ficar ensimesmada após a leitura.

E para finalizar, em se falando de leitura, em nenhum momento se pode pensar em exclusividade de uma forma de expressão, de um tipo único de espécie literária. Se queremos desenvolver um leitor crítico e sensível – um leitor para toda a vida –, o importante, sempre, é oferecer aos leitores em formação os mais variados tipos de obras literárias – de diferentes autores, épocas, gêneros, posições e pontos de vista.

Desse modo, desde que seja literatura, cabe muito bem até comparar (ou apenas ler – já que ouvir/ler é sempre o mais importante) boas paródias de algum conto de fadas...

Pequena bibliografia para os interessados em prolongar esta conversa

BETTELHEIM, Bruno. *A psicanálise dos contos de fadas*. São Paulo: Paz e Terra, 1998.

CORSO, Mário; CORSO, Diana. *Fadas no divã*: psicanálise na literatura infantil. Porto Alegre: ARTMED, 2006.

GUTFREIND, Celso. *Narrar, ser pai, ser mãe*. Rio de Janeiro: Difel/Record, 2010.

HELD, Jacqueline. *O imaginário no poder*. São Paulo: Summus, 1980.

RODARI, Gianni. *Gramática da fantasia*. São Paulo: Summus, 1982.

TATAR, Maria. *Contos de fadas*. São Paulo: Zahar, 2004.

Ilustração de *Gustave Doré*

O gato de botas

Título original:
Le Maître Chat ou *Le Chat Botté*
(1695)

Charles Perrault

Era uma vez, num tempo que só existe aqui, um pobre moleiro que deixou de herança para os três filhos apenas um moinho, um jumento e um gato. A divisão foi logo feita pelos filhos mesmo. Nem o advogado nem o testamenteiro foram chamados, pois eles logo pegariam para si, como pagamento, toda a plantação da propriedade, que já era pouca.

O filho mais velho herdou o moinho; o segundo, o jumento, e o mais jovem, o gato.

O mais jovem, como se pode imaginar, ficou bastante chateado com a parte que lhe coube da herança.

– Meus irmãos – disse ele –, vocês podem ganhar a vida facilmente, unindo suas partes da herança; mas eu, depois que comer o gato e fizer um par de luvas com sua pele, vou morrer de fome.

O gato fingia não prestar atenção, mas ouviu toda a conversa, e disse a seu dono, em tom solene e sério:

– Não se aflija assim, meu senhor; a única coisa que você tem a fazer é me dar um saco e me conseguir um par de botas, para que eu possa correr pelo espinheiro, e verá que não se deu tão mal quanto pensa.

Embora o dono não tivesse levado muito em consideração o que o gato disse – já o tinha visto usar alguns truques espertos para pegar ratos e camundongos, pendurando-se pelos calcanhares ou escondendo-se na comida, para fingir que estava morto –, não descartou por completo sua oferta de ajudá-lo. Quando o gato recebeu o que pediu, calçou as botas, muito vaidoso, e, colocando o saco em volta do pescoço, partiu para um sítio onde havia um grande número de coelhos. Ao chegar lá, pôs uma porção de farelo no saco e estendeu-se no chão, como se estivesse morto. Assim, esperou algum coelho mais jovem, ainda não familiarizado com as trapaças do mundo, entrar e vasculhar o saco.

Mal tinha se instalado e já conseguiu o que queria: um coelho jovem e tolo saltou para dentro do saco. Imediatamente, o gato de botas fechou-o, matando o bichinho em seguida. Orgulhoso de sua presa, levou-a ao palácio e pediu para falar com o rei. Foi guiado ao andar superior, onde ficavam os aposentos de Sua Majestade, e, fazendo uma reverência, disse:

– Trouxe-lhe, majestade, um coelho com o qual meu nobre senhor, o Marquês de Carabás (foi o título que o gato teve o prazer de dar a seu dono), gostaria de presenteá-lo.

– Diga a seu mestre – ordenou o rei – que agradeço e que fiquei muito contente com o presente.

Em outra ocasião, ele se escondeu entre os pés de milho, ainda segurando o saco aberto e, quando um par de perdizes entrou, ele o fechou, prendendo as duas coitadas. Então, foi novamente até o rei e lhe ofertou o presente, como tinha feito com o coelho do sítio. O rei, mais uma vez, recebeu a caça com grande prazer e ordenou a seus servos que recompensassem o gato.

Assim, o gato continuou, por dois ou três meses, levando para Sua Majestade agrados em nome de seu mestre. Um dia, quando sabia que o rei estaria passeando ao longo do rio com sua filha, a princesa mais bela do mundo, ele disse ao mestre:

— Se seguir meu conselho, sua fortuna estará garantida. A única coisa que tem a fazer é ir banhar-se no rio, no ponto exato que lhe mostrarei, e deixar o resto por minha conta.

O Marquês de Carabás fez o que o gato aconselhou, sem saber para que aquilo serviria. Enquanto se banhava no rio, o rei passou, e o gato gritou o mais alto que pôde:

— Socorro! Socorro! Meu mestre, o Marquês de Carabás, está se afogando!

Ao ouvir o barulho, o rei pôs a cabeça para fora da janela da carruagem e, vendo o gato que tantas vezes lhe tinha trazido presentes, ordenou a seus guardas que corressem imediatamente para ajudar o Marquês de Carabás.

Enquanto resgatavam do rio o pobre homem, o gato foi até a carruagem e contou ao rei que, quando seu mestre estava se banhando, alguns bandidos apareceram e fugiram com suas roupas, embora ele tivesse gritado: "Ladrões! Ladrões!", várias vezes, o mais alto que tinha conseguido. (Na verdade, o gato, astuto, tinha escondido as roupas debaixo de uma grande pedra.) O rei imediatamente mandou que os oficiais de seu guarda-roupa corressem e buscassem uma de suas melhores roupas para o Senhor Marquês de Carabás.

O rei foi extremamente educado com o marquês, e, como as roupas finas que tinha vestido acentuaram sua boa aparência – pois era forte e bonito –, a princesa o achou bastante atraente. Mal o Marquês de Carabás lhe lançou dois ou três olhares respeitosos, mas afetuosos, ela se apaixonou por ele. O rei o convidou a entrar na carruagem e participar do passeio. O gato, muito feliz em ver seu plano começar a ter sucesso, marchou na frente e, ao encontrar alguns camponeses que roçavam um campo, disse-lhes:

– Bons homens que trabalham, se vocês não disserem ao rei que o campo que estão roçando pertence ao meu senhor, o Marquês de Carabás, serão picados em pedacinhos, como ervas para o cozido.

O rei logo perguntou aos trabalhadores a quem pertencia o campo que estavam roçando.

– Ao nosso mestre, o Marquês de Carabás – responderam todos ao mesmo tempo, pois a ameaça do gato os tinha amedrontado.

– Que bela propriedade você tem! – exclamou o rei para o Marquês de Carabás.

– Bem, majestade – explicou o Marquês –, esse é um campo que nunca deixa de dar uma ótima colheita todo ano.

O gato, que continuava à frente, encontrou um grupo de ceifeiros e ameaçou:

– Bons homens que trabalham, se vocês não disserem ao rei que esse milho pertence ao meu senhor, o Marquês de Carabás, serão picados em pedacinhos, como ervas para o cozido.

O rei passou por lá logo depois e quis saber a quem pertencia todo aquele milho.

– Ao nosso senhor, o Marquês de Carabás – responderam os ceifeiros.

O rei ficou muito satisfeito com aquilo e felicitou o marquês, que também estava muito contente.

O gato, que seguia sempre à frente, disse a mesma coisa a todos que encontrava, e o rei ficou impressionado com as vastas propriedades do Senhor Marquês de Carabás.

O gato chegou finalmente a um castelo imponente, cujo dono era um ogro, o mais rico de todos. Todas as terras pelas quais o rei tinha passado pertenciam a esse castelo. O gato, que tinha tido o cuidado de se informar sobre o ogro e o que ele era capaz de fazer, pediu para falar com ele, dizendo que não poderia passar tão perto de seu castelo, sem ter a honra de cumprimentá-lo.

O ogro o recebeu com o máximo de cordialidade possível para um ogro e o convidou a se sentar.

– Fui informado – começou o gato – de que o senhor tem o dom de se transformar em qualquer tipo de criatura que quiser. Pode, por exemplo, transformar-se em um leão, ou elefante, ou o que for.

– É verdade – respondeu o ogro. – E, para lhe provar, você verá eu me transformar em um leão.

O gato ficou tão aterrorizado com a ideia de ver um leão assim de perto, que imediatamente subiu na calha, não sem muita dificuldade e perigo, por causa de suas botas, inúteis para caminhar sobre telhas. Um pouco depois, quando o gato viu que o ogro tinha retomado sua forma natural, voltou para baixo e confessou o quanto tinha ficado assustado.

– Além disso, fui informado – continuou o gato –, mas não sei como acreditar, que o senhor também tem o poder de se transformar nos menores animais. Pode, por exemplo, tomar a forma de um rato. Mas tenho de confessar que acho que isso deve ser impossível.

– Impossível? – gritou o ogro. – Você verá!

E, no mesmo instante, se transformou em um rato e começou a correr pelo chão. O gato, assim que viu o rato, pulou em cima dele e o engoliu.

Enquanto isso, o rei, que passava com seu grupo, viu o belo castelo do ogro e teve a ideia de entrar. O gato ouviu o barulho da carruagem vindo pela ponte levadiça e correu para cumprimentá-lo:

– Vossa Majestade, seja bem-vindo ao castelo do meu senhor, o Marquês de Carabás.

– O quê?! Senhor Marquês! – gritou o Rei. – Não me diga que este castelo também lhe pertence! Não deve haver nada mais lindo do que este pátio e todos os prédios imponentes que o rodeiam. Vamos ver o interior, por favor.

O marquês deu a mão à jovem princesa e seguiu o rei. Eles passaram pelo grande salão, onde encontraram um magnífico banquete, que o ogro tinha preparado para uns amigos que iam visitá-lo naquele mesmo dia, mas não se atreveram a entrar, ao serem informados de que o rei estava lá. Vendo a vasta propriedade que o Marquês de Carabás possuía, e encantado com as suas boas qualidades, e percebendo que a princesa tinha se apaixonado loucamente por ele –, Sua Majestade lhe disse:

– Você só não será meu genro se não quiser, Senhor Marquês.

O marquês, fazendo uma grande reverência, aceitou a honra que Sua Majestade lhe conferia e, no mesmo dia, se casou com a princesa.

Foi assim que aconteceu, e quem contou ainda está vivo, pode confirmar. ∎

Ilustração de Gustave Doré

A bela adormecida

Título original:
La belle au bois dormant
(1697)

Charles Perrault

Num tempo em que não se sabia quanto tempo o tempo tem, viviam um rei e uma rainha muito tristes porque não tinham filhos – tão tristes, que é impossível descrever.

No entanto, a rainha acabou tendo uma filha. A felicidade tomou conta do reino, e a festa de batizado foi luxuosa. A princesa teve, como madrinhas, todas as fadas que os reis puderam encontrar no reino (sete, ao todo), de modo que cada uma delas pôde conceder um dom à princesa, como era o costume das fadas naqueles tempos. Assim, ela teria todas as qualidades possíveis.

Após o batizado, o grupo voltou ao palácio do rei, onde foi preparado um grande banquete para as fadas. Foi posto à frente de cada uma delas um arranjo magnífico: um estojo de ouro maciço, no qual havia uma colher, um garfo e uma faca de ouro puro, com diamantes e rubis.

Quando estavam todos sentados à mesa, uma fada muito idosa entrou no salão. Ela não tinha sido convidada porque há mais de cinquenta anos não saía de sua torre, e acreditava-se estar morta ou sob efeito de algum encantamento.

O rei ordenou que colocassem um lugar à mesa para ela, mas não pôde lhe dar um estojo de ouro como o das outras porque tinham sido feitos apenas sete, a conta das sete fadas. A velha fada se sentiu ofendida e murmurou ameaças. Uma das jovens fadas, sentada perto dela, ouviu tudo, e, pensando que ela poderia lançar algum encanto de azar sobre a princesinha, escondeu-se atrás das cortinas logo que se levantaram da mesa. Esperava ser a última a falar e assim desfazer qualquer mal que a velha fada pudesse praticar.

Enquanto isso, todas as fadas começaram a dar seus presentes para a princesa. A mais jovem deu-lhe o dom de ser a pessoa mais bonita do mundo; a próxima, de ter a sagacidade de um anjo; a terceira, de ser capaz de fazer tudo graciosamente; a quarta, de dançar perfeitamente; a quinta, de cantar como um rouxinol; e a sexta, de tocar todo tipo de instrumento musical com a máxima perfeição.

Chegou a vez da velha fada. Balançando cabeça mais por despeito do que pela idade, ela disse que a princesa iria furar a mão em um fuso e morrer. Esse presente terrível fez todo o grupo tremer, e todos começaram a chorar.

Nesse instante, a jovem fada saiu de trás das cortinas e disse as seguintes palavras, em alto e bom tom:

— Fiquem tranquilas, majestades, que vossa filha não morrerá desse acidente. É verdade, eu não tenho poder para desfazer totalmente o que a mais idosa fez: a princesa vai furar a mão em um fuso, mas, em vez de morrer, ela cairá em um sono profundo, que deve durar cem anos, ao final dos quais o filho de um rei virá e a acordará.

O rei, a fim de evitar a desgraça anunciada pela velha fada, emitiu ordens proibindo qualquer pessoa, sob pena de morte, de usar teares e fusos ou de tê-los em casa.

Cerca de quinze ou dezesseis anos depois, quando o rei e a rainha estavam ausentes em uma de suas casas de campo, a jovem princesa andava pelo palácio: foi de sala em sala até que chegou a um pequeno sótão no topo da torre, onde uma velha, sozinha, girava seu tear. Essa mulher nunca tinha ouvido falar da ordem do rei que bania os fusos.

— O que está fazendo aqui, minha boa senhora? – quis saber a princesa.

— Estou fiando, linda menina — respondeu a senhora, que não sabia quem era aquela jovem.

— Oh! — exclamou a princesa. — Isso é muito bonito. Como a senhora faz? Deixe-me ver se consigo.

Ela mal tinha segurado o fuso e, ou porque foi muito rápida e desatenta, ou porque a praga da velha fada deveria se cumprir, ele furou sua mão, e ela caiu desmaiada.

A boa senhora, sem saber o que fazer, gritou por socorro. Pessoas vieram de todos os lados: jogaram água no rosto da princesa, desfizeram os laços de suas roupas, bateram nas palmas de suas mãos e esfregaram suas têmporas com água de colônia, mas nada fez com que ela recuperasse a consciência.

Então o rei, que acabara de chegar da viagem e ouvira o barulho, lembrou-se das predições das fadas e ordenou que a princesa fosse levada para o melhor quarto de seu palácio e colocada em uma cama toda bordada com ouro e prata. Alguém poderia confundi-la com um pequeno anjo, de tão linda, pois o desmaio não diminuiu o brilho de sua pele: suas bochechas estavam rosadas, e seus lábios, vermelhos. É verdade, seus olhos estavam fechados, mas era possível ouvi-la respirar suavemente, o que mostrava que não estava morta.

O rei deu ordens para que a deixassem dormir tranquilamente até chegar o momento de seu despertar. A boa fada que tinha salvado sua vida condenando-a a dormir cem anos estava no reino de Matakin, a doze mil léguas, quando o acidente aconteceu com a princesa, mas foi imediatamente informada por um anãozinho que tinha botas de sete léguas. A fada logo partiu e chegou ao palácio, cerca de uma hora depois, numa carruagem de fogo puxada por dragões.

O rei ajudou-a a sair da carruagem, e ela aprovou tudo o que ele tinha feito; mas, como tinha grande clarividência, pensou que, quando a princesa despertasse, não saberia o que fazer se estivesse sozinha naquele velho palácio. Então, a fada tocou com sua varinha todos os que viviam ali, exceto o rei e a rainha: governantas, damas de honra, camareiras, oficiais, mordomos, cozinheiros, ajudantes de cozinha, guardas, porteiros, pajens e lacaios. Também tocou em todos os cavalos que estavam nos estábulos, os das carruagens, os de sela, os caçadores, os cuidadores, os grandes cães no pátio exterior, assim como o pequeno Mopsey, o spaniel da princesa, que estava deitado na cama.

Assim que ela os tocou, todos adormeceram para não despertar novamente até que a senhorita voltasse a si, para estarem prontos para servi-la quando ela precisasse. Até os espetos no fogo, cheios de perdizes e faisões, adormeceram, e também o próprio fogo. Tudo isso foi feito em um instante. Fadas não levam muito tempo para fazer seu trabalho.

E agora o rei e a rainha, depois de terem beijado a sua querida filha sem acordá-la, saíram do palácio e deram ordens para ninguém se aproximar dele.

Essas ordens não eram necessárias. Em um quarto de hora, cresceu ao redor do local um número tão grande de árvores, grandes e pequenas, arbustos e espinheiros, entrelaçando-se uns aos outros, que nenhum homem ou animal poderia atravessar a muralha que se formou. Desse modo, nada podia ser visto, exceto o topo das torres do palácio e, mesmo assim, só de longe. Todos sabiam que isso também fora trabalho da fada, para que a princesa não fosse perturbada por curiosos enquanto dormia.

Cem anos depois...

O filho do rei de terras distantes dali, que não era da família da princesa adormecida, estava caçando daquele lado do reino e perguntou o que eram aquelas torres que vira no meio de uma grande e espessa floresta. Cada um contou conforme o que tinha ouvido. Alguns disseram que era um velho castelo assombrado; outros, que todas as bruxas do reino faziam lá suas festas da meia-noite; mas a opinião generalizada é que era a morada de um ogro, e que ele levava para lá todos as criancinhas que conseguia pegar para comer sem que ninguém fosse capaz de segui-lo, pois só ele tinha o poder de abrir caminho pela floresta.

O príncipe não sabia no que acreditar, até que um colono muito velho lhe contou:

– Talvez possa interessar a Vossa Alteza Real: há mais de cinquenta anos ouvi do meu pai que, à época, vivia nesse castelo a princesa mais bonita do mundo, que ela deveria dormir por cem anos e que só seria acordada pelo filho de um rei, a quem fora destinada.

Ao ouvir isso, o jovem príncipe ficou muito animado. Pensou, sem pesar as consequências, que poderia pôr fim a essa estranha aventura. E, impulsionado pelo amor e pelo desejo de glória, resolveu descobrir logo o que havia por trás daquilo.

Assim que foi chegando perto da floresta, todas as grandes árvores, os arbustos e os espinheiros se afastaram para deixá-lo passar. Ele andou até o castelo que avistou no final de uma grande avenida; e você pode imaginar como ficou surpreso quando não viu nenhum de seus cavaleiros seguindo-o: é que as árvores tinham se fechado de novo, logo que ele passou por elas. No entanto, ele continuou seu caminho: um jovem príncipe em busca da glória é sempre valente.

Entrou em um espaçoso pátio e o que viu foi suficiente para congelá-lo de horror. Um silêncio aterrador reinava sobre tudo; a imagem da morte estava em toda parte, e não havia nada para ser visto, exceto o que pareciam ser corpos estendidos de homens e animais mortos. O príncipe, no entanto, percebeu muito bem, pelos rostos rosados e narizes vermelhos dos porteiros, que eles só estavam dormindo; e as taças, onde ainda se viam algumas gotas de vinho, mostravam claramente que eles tinham caído no sono enquanto bebiam.

O jovem cruzou um pátio pavimentado com mármore, subiu as escadas e entrou na câmara da guarda, onde encontrou as sentinelas de pé em seus postos, com os mosquetes nos ombros, roncando com toda força. Ele passou por várias salas cheias de senhores e senhoras, alguns de pé, outros sentados, todos dormindo. Chegou a uma câmara dourada e teve a maravilhosa visão: em cima de uma cama cujas cortinas estavam abertas, dormia a princesa, que parecia ter 15 ou 16 anos, e sua beleza incomparável tinha algo de divino. O príncipe se aproximou com tremor e admiração e caiu de joelhos diante dela.

Então, com o encanto acabado, a princesa acordou e, olhando para ele com olhos mais ternos do que poderia se imaginar, perguntou:

– É você, meu príncipe? Você demorou um longo tempo!

O príncipe, encantado com essas palavras, e mais ainda com a maneira como foram ditas, não sabia como demonstrar sua alegria e gratidão. Assegurou à princesa que a amava mais do que a ele mesmo. Ele parecia mais perdido do que ela, e sabemos o porquê: a princesa tinha tido tempo para pensar no que dizer a ele, pois é evidente (apesar de a história não dizer nada sobre isso) que a boa fada, para povoar seu longo sono, tinha lhe dado sonhos muito agradáveis. Em suma, eles conversaram por quatro horas, e não disseram nem metade do que tinham a dizer.

Enquanto isso, todo o palácio tinha acordado junto com a princesa. Todos cuidaram de seus afazeres e, como não estavam apaixonados, sentiam muita fome. A dama de honra, bastante atrevida, ficou muito impaciente e gritou para a princesa que a refeição estava servida. O príncipe, então, ajudou a princesa a se levantar. Ela estava magnificamente vestida, e sua Alteza Real teve a delicadeza de não dizer que estava vestida como sua bisavó, que usava uma gola alta. Ela não estava nem um pouco menos charmosa e bonita por causa disso.

Entraram no grande salão espelhado, onde jantaram, servidos pelos funcionários do palácio. Os violinos e os oboés tocavam músicas antigas, mas excelentes, apesar de não terem sido tocadas por cem anos. Depois do jantar, sem perder tempo, o diácono casou os príncipes na capela do castelo. Eles dormiram pouco – a princesa nem estava com sono –, e o príncipe a deixou na manhã seguinte para voltar para sua cidade, onde seu pai estava muito preocupado com ele.

O príncipe lhe disse que tinha se perdido na floresta quando estava caçando, e que tinha dormido na casa de campo de um carvoeiro, que lhe deu queijo e pão integral.

O rei, seu pai, que era um homem bom, acreditou nele; mas sua mãe não se convenceu de que a história era verdade. Ela sabia que ele ia caçar quase todos os dias. Mas, dessa vez, tinha ficado fora três ou quatro noites, e ela começou a suspeitar que o filho escondia alguma coisa.

Ele viveu, assim, com a princesa por mais de dois anos, e tiveram dois filhos: a mais velha chamava-se Aurora, e o mais jovem, Sol, porque era muito mais bonito do que a irmã.

A rainha conversou várias vezes com o filho para saber como ele passava seu tempo, e disse-lhe que tinha o dever de contar a verdade. Mas ele nunca lhe confiou seu segredo: tinha medo dela, embora a amasse, pois a mãe era da família dos Ogros, e o rei só tinha se casado com ela por suas enormes riquezas. Até diziam na corte que ela tinha hábitos de ogro e que, sempre que via crianças passando, possuía muita dificuldade em evitar atacá-las. Por isso, o príncipe nunca lhe contaria nada.

Mas quando o rei morreu, cerca de dois anos depois, e o jovem se viu senhor e mestre, declarou abertamente seu casamento e conduziu ao palácio, em grande pompa, sua rainha. Fizeram uma entrada magnífica na capital, ela cavalgando entre os dois filhos.

Pouco depois, o novo rei declarou guerra ao imperador Cantalabutte, seu vizinho. Ele entregou o governo do reino nas mãos da rainha, sua mãe, e, em confiança, deixou sua esposa e filhos sob seus cuidados, pois a guerra provavelmente duraria até o final do verão. Logo que ele saiu, a rainha-mãe mandou a nora e os netos para uma casa de campo no bosque: assim, poderia, com mais facilidade, satisfazer seu terrível desejo. Alguns dias depois, ela mesma foi até lá e disse ao cozinheiro-chefe:

– Vou comer a pequena Aurora no jantar, amanhã.

– Oh, Madame! – lastimou o cozinheiro-chefe.

– É isso mesmo! – respondeu a rainha no tom de uma ogra que sente um desejo incontrolável de comer carne fresca. – E vou comê-la com um molho picante.

O pobre homem, sabendo muito bem que não se deve tentar enganar ogras, pegou seu facão e subiu para o quarto da pequena Aurora. Na época, a menina tinha quase 4 anos, e aproximou-se dele, pulando e rindo, para pôr os braços em volta de seu pescoço e pedir-lhe um pouco de algodão-doce. Com isso, ele começou a chorar, o facão caiu de sua mão, e ele foi ao quintal e matou um cordeirinho. Cobriu o animal com muito molho picante, e sua senhora assegurou-lhe que nunca tinha comido nada tão bom em sua vida. Na verdade, ele tinha levado a pequena Aurora para sua esposa, que a escondeu em seus aposentos, no final do pátio.

Oito dias depois, a rainha má disse ao cozinheiro-chefe:

– Vou jantar o pequeno Sol.

Ele não respondeu nada, decidido a enganá-la novamente. Foi buscar o pequeno Sol e o viu com um florete na mão, brincando de esgrima com um grande macaco: na época, a criança tinha 3 anos. O cozinheiro tomou-o nos braços e levou-o para a esposa, que o escondeu junto da irmã; em vez do pequeno Sol, o cozinheiro serviu um bezerro jovem e muito tenro, que a ogra achou maravilhosamente gostoso.

Tudo tinha corrido bem até então, mas, uma noite, a rainha má disse para o cozinheiro-chefe:

– Vou comer a rainha com o mesmo molho que comi seus filhos.

Agora o pobre cozinheiro-chefe estava desesperado e não conseguia imaginar como enganar de novo sua senhora. A jovem rainha tinha mais de 20 anos, sem contar os cem anos que passou dormindo, e encontrar algo para ocupar seu lugar era um problema para o cozinheiro. Ele então decidiu, para salvar a própria vida, cortar a garganta da esposa do rei. Subindo ao seu quarto com a intenção de fazê-lo de uma vez, deixou uma fúria enorme dominá-lo e entrou no aposento da jovem rainha com o punhal na mão.

No entanto, não quis enganá-la e lhe contou, com muito respeito, sobre as ordens que tinha recebido da rainha-mãe.

– Pode ir em frente! – ela disse, esticando o pescoço. – Cumpra essas ordens, assim irei ver meus pobres filhos, que eu tanto amava! – ela pensava que eles estivessem mortos.

– Não, não, Majestade! – exclamou o pobre cozinheiro, em prantos. – A senhora não morrerá, e vai ver seus filhos agora mesmo. Mas, para isso, deve ir comigo até meus aposentos, onde os escondi; vou enganar a rainha mais uma vez, dando-lhe agora uma jovem corça em seu lugar.

Com isso, o cozinheiro-chefe a conduziu ao seu quarto, onde a deixou abraçar os filhos e chorar com eles. Enquanto isso, ele caçou e preparou uma jovem corça, que a rainha comeu como ceia, devorando-a com apetite, como se fosse sua nora. Agora que estava bem satisfeita com seus atos cruéis, ela inventou uma história para contar ao rei, em seu retorno: a rainha, sua esposa, e seus dois filhos tinham sido devorados por lobos selvagens.

Uma noite, enquanto passeava pelos pátios e quintais do palácio, como era seu costume, para ver se conseguia sentir o cheiro de alguma carne fresca, ouviu, em um quarto no piso térreo, o pequeno Sol chorando, pois tinha sido desobediente e sua mãe ia puni-lo. Ouviu também a pequena Aurora implorando misericórdia para o irmão.

A ogra logo reconheceu a voz da rainha e de seus filhos, e ficou furiosa por ter sido enganado daquela maneira. Deu ordens – com uma voz tão terrível, que fez todos tremerem – para que, na manhã seguinte, ao romper do dia, fosse trazida para o centro do pátio principal uma grande banheira cheia de sapos, escorpiões, cobras e todo tipo de répteis, a fim de jogar lá dentro a rainha e seus filhos, o cozinheiro-chefe, sua esposa e a empregada; todos deveriam ser levados para lá com as mãos amarradas nas costas.

As ordens foram cumpridas, e os carrascos estavam prestes a jogar todos na banheira quando o rei, que chegou mais cedo do que o esperado, entrou a cavalo no pátio e perguntou, espantado, o que significava aquele horrível espetáculo.

Ninguém se atreveu a contar-lhe, e a ogra, enfurecida ao ver o que tinha acontecido, atirou-se de cabeça na banheira e foi imediatamente devorada pelas horrendas criaturas.

O rei, naturalmente, ficou muito triste, pois ela era sua mãe; mas logo se consolou e viveu feliz com sua bela esposa e seus queridos filhos.

Isso tudo aconteceu e teve comprovação – mas... será mesmo? Ou não? ■

Ilustração de Johann Georg van Caspel

Ilustração de Gustave Doré

Pele de asno

....

Título original:
Peau d'Âne
(1697)

Charles Perrault

Num tempo daqueles difíceis de acreditar, viveu um rei que era o governante mais poderoso do mundo. Bondoso e justo na paz, assustador na guerra: seus inimigos o temiam, enquanto seus súditos eram felizes e satisfeitos. Sua esposa e fiel companheira era charmosa e bonita. De sua união, tinha nascido uma linda filha.

Seu palácio, grande e luxuoso, era cheio de cortesãos, e em seus estábulos viam-se magníficos cavalos, grandes e pequenos, de todas as raças. Mas o que mais surpreendia a todos os que entravam nesses estábulos era que o lugar de honra pertencia a um asno com longas orelhas.

E o asno era merecedor de todas as regalias e honras, pois, na verdade, tratava-se de um animal com poderes mágicos: todo dia, ao nascer do Sol, sua baia ficava coberta de moedas de ouro, que o rei logo mandava recolher.

Mas os céus, onde parecem misturar-se o bem e o mal, de repente permitiram que uma doença terrível atacasse a rainha. Procuraram ajuda por todos os lados, mas nem os sábios médicos nem os charlatões foram capazes de conter a febre, que aumentava diariamente. Finalmente, vendo chegarem seus últimos momentos, a rainha disse ao marido:

– Prometa que, quando eu me for, você encontrará uma mulher mais sábia e mais bonita do que eu. Vai se casar com ela e, assim, proporcionar um herdeiro para o trono.

Confiante de que seria impossível encontrar tal mulher, a rainha acreditou que o marido jamais se casaria de novo. O rei aceitou as condições de sua esposa, e logo depois ela morreu em seus braços.

Por um tempo, dia e noite, o rei ficou inconsolável em seu sofrimento. No entanto, alguns meses mais tarde, por insistência de seus cortesãos, concordou em se casar de novo. Mas isso não foi uma tarefa fácil, pois ele tinha de manter sua promessa à esposa e, apesar de sua extensa procura, não conseguiu encontrar uma nova mulher com todas as qualidades que queria. Só sua filha tinha o charme e a beleza que nem mesmo a rainha possuíra.

Assim, ele só poderia satisfazer a promessa que tinha feito à mulher em seu leito de morte se se casasse com a própria filha. E imediatamente propôs casamento à princesa. Isso a assustou e entristeceu, e ela tentou mostrar ao pai o absurdo que estava cometendo.

Profundamente perturbada com o rumo dos acontecimentos, a jovem procurou sua fada madrinha, que vivia em uma gruta de corais e pérolas.

– Sei por que você veio aqui – disse a madrinha. – Em seu coração, há uma enorme tristeza. Mas estou aqui para ajudá-la, e nada vai prejudicá-la se seguir meu conselho. Você não deve desobedecer seu pai, mas, ao invés disso, dizer-lhe que exige ter um vestido com a cor do céu. Com certeza, ele nunca conseguirá atender a esse pedido.

E assim a jovem princesa foi, tremendo, conversar com o pai. Mas ele, no instante em que ouviu seu pedido, convocou seus melhores alfaiates e ordenou, sem demora, que fizessem um vestido da cor do céu – caso contrário, seriam todos enforcados.

No dia seguinte, o vestido foi mostrado à princesa. Era o mais belo azul cor do céu. Tomada de felicidade pelo lindo vestido e de medo pelo que ele significava, ela não sabia o que fazer, mas a madrinha novamente lhe disse:

– Peça um vestido da cor da Lua. Certamente seu pai não conseguirá lhe dar um.

Assim que a princesa fez o pedido, o rei convocou suas bordadeiras e ordenou que um vestido da cor da Lua estivesse pronto em quatro dias, no máximo. A ordem foi realizada naquele mesmo dia, e a princesa ficou, mais uma vez, encantada com sua beleza.

Mas, ainda assim, a madrinha aconselhou que, mais uma vez, ela fizesse um pedido ao rei: um vestido tão brilhante quanto o Sol. Dessa vez, o rei chamou um joalheiro rico e ordenou que fizesse um traje de ouro e diamantes, avisando que, se não cumprisse a ordem, ele iria morrer. Dentro de uma semana, o joalheiro terminou o vestido, tão belo e brilhante que deslumbrou os olhos de todos que o viram.

A princesa não sabia como agradecer ao rei, mas, mais uma vez, a madrinha sussurrou em seu ouvido:

– Peça a ele a pele do asno do estábulo real. O rei não levará seu pedido a sério. Ele não cederá, ou estou muito enganada.

Mas ela não sabia como era intenso o desejo do rei de agradar a filha para que aceitasse se casar com ele. Quase imediatamente, a pele do asno foi levada para a princesa.

Ela estava cada vez mais assustada, e de novo a madrinha veio em seu auxílio.

– Finja – sugeriu ela – ceder ao rei. Prometa qualquer coisa que ele quiser, e, ao mesmo tempo, prepare-se para fugir para algum reino distante. Aqui – ela continuou – está uma arca em que vamos colocar suas roupas, seu espelho, seus itens de higiene, seus diamantes e outras joias. Vou lhe dar minha varinha mágica. Enquanto ela estiver em sua mão, a arca irá segui-la por todos os lugares, sempre escondida no subsolo. Quando desejar abrir a arca, é só tocar o chão com a varinha, e ela aparecerá. Para você se esconder, a pele do asno vai ser um disfarce perfeito, pois ninguém acreditará que alguém tão bonito possa se esconder sob algo tão assustador.

De manhã cedo, a princesa desapareceu, como tinha sido aconselhada. Os serviçais do palácio procuraram por toda parte, nas casas, ao longo das estradas, em todos os lugares onde ela poderia estar, mas em vão. Ninguém podia imaginar o que tinha acontecido com ela.

Enquanto isso, a princesa continuava sua fuga. A todos os que encontrava, ela estendia as mãos, pedindo que a ajudassem a encontrar um lugar para trabalhar. Mas sua aparência era tão feia e tão repulsiva, em seu disfarce de pele de asno, que ninguém prestava atenção em tal criatura.

Ela viajou cada vez para mais longe, até que finalmente chegou a uma fazenda onde precisavam de alguém para lavar panos e limpar as calhas dos porcos. Fizeram-na trabalhar também em um canto da cozinha, onde era exposta às piadas mais baixas e ridículas de todos os outros criados.

Aos domingos, a princesa tinha um pouco de descanso: tendo completado suas tarefas matinais, ela ia para o quarto, fechava a porta e se banhava. Abria a arca, pegava seus frascos de higiene e os organizava, junto com o espelho, diante dela. Depois de se arrumar, vestia seu vestido de Lua, depois o que brilhava como o Sol e, finalmente, o lindo vestido azul. Sua única tristeza era não ter espaço suficiente para deixá-los à vista. No entanto, ficava feliz vendo-se linda novamente, e esse prazer a ajudava a sobreviver de domingo a domingo.

Na grande fazenda onde trabalhava, existia um aviário que pertencia a um rei poderoso. Todos os tipos de pássaros raros e de hábitos estranhos eram mantidos lá. O filho do rei, muitas vezes, parava na fazenda, na volta da caça, a fim de descansar e desfrutar de uma bebida fresca com os cortesãos que o acompanhavam.

À distância, Pele de Asno olhava para ele com ternura e se lembrava de que, debaixo de toda aquela feiura repugnante, ainda batia o coração de uma princesa. Que lindo ele era, pensou. Como era gracioso! Como deve ser feliz a jovem a quem o seu coração foi prometido! Se ele me desse um vestido, por mais simples que fosse, me sentiria mais orgulhosa de usá-lo do que qualquer um desses que tenho.

Um dia, o jovem príncipe, andando pela fazenda em busca de aventura, chegou ao corredor obscuro onde ficava o humilde quarto de Pele de Asno. Por acaso, ele olhou pelo buraco da fechadura. Era um dia de festa, e Pele de Asno tinha vestido seu traje de ouro e diamantes que brilhavam tanto quanto o Sol. O príncipe ficou sem fôlego com sua beleza, sua juventude, sua modéstia. Por três vezes, ele quase entrou no quarto, mas não se atreveu.

Ao retornar ao palácio de seu pai, o príncipe ficou muito pensativo, suspirando dia e noite, e se recusava a participar de qualquer baile ou festa. Perdeu o apetite e, finalmente, afundou-se numa melancolia profunda e mortal.

Na fazenda, ele havia procurado saber quem era a linda donzela que vivia naquela miséria, e lhe disseram que quem vivia naquele quartinho era Pele de Asno, o ser mais feio do mundo, exceto o lobo. Mas o príncipe não conseguia acreditar naquilo e se recusava a se esquecer o que tinha visto.

Sua mãe, a rainha, pediu-lhe que contasse o que estava errado. Em vez disso, ele gemeu, chorou e suspirou. Não diria nada, exceto que queria que Pele de Asno lhe preparasse um bolo com suas próprias mãos.

– Nossa! – disseram à rainha. – Essa Pele de Asno não passa de uma pobre criada repulsiva.

– Não importa – respondeu a rainha. – Temos de fazer o que ele pede. É a única maneira de salvá-lo.

Pele de Asno, informada do desejo do príncipe, pegou um pouco de farinha, que refinara especialmente bem, um pouco de mel, um pouco de manteiga e alguns ovos frescos; depois fechou-se sozinha em seu quarto para fazer o bolo. Mas, primeiro, lavou o rosto e as mãos e vestiu uma blusa de prata, em honra à tarefa que tinha pela frente.

Conta a história que um anel de grande valor caiu do dedo de Pele de Asno na massa do bolo, talvez porque ela estivesse trabalhando com certa agitação. Alguns dos que conhecem o desenrolar desta história acreditam que ela pode ter deixado o anel cair de propósito – o que provavelmente é verdade, pois a jovem deve ter percebido que o príncipe tinha estado na porta de seu quarto e olhado pelo buraco da fechadura. E ela devia ter certeza de que o anel seria recebido com muita alegria por seu amado.

O príncipe achou o bolo tão gostoso que, em sua fome desesperada, quase engoliu o anel! Quando viu a bela esmeralda no anel de ouro, que traçava a forma do dedo de Pele de Asno, seu coração se encheu de uma alegria indescritível, e guardou a joia debaixo do travesseiro. Mas sua doença piorava a cada dia, até que, finalmente, os médicos, vendo-o cada vez mais debilitado, concluíram, solenes, que ele estava doente de amor.

Casamentos – apesar de tudo o que pode ser dito contra eles – são um excelente remédio para a doença do amor. Assim, foi decidido que o príncipe deveria se casar.

– Mas insisto – avisou o príncipe – que só me casarei com a pessoa cujo dedo se encaixar neste anel.

Essa exigência incomum surpreendeu bastante o rei e a rainha, mas o príncipe estava tão doente que não se atreveram a fazer nenhuma objeção.

Começou então uma busca incessante por alguém capaz de encaixar o anel no dedo – não importava quem fosse. Dizia-se por todo o reino que, a fim de ganhar o príncipe, era preciso ter um dedo muito fino.

Cada charlatão tinha seu próprio método secreto para tornar um dedo magro. Um sugeria raspá-lo, como se fosse um nabo. Outro recomendava cortar um pequeno pedaço. Outro, com determinado líquido, prometia afiná-lo removendo a pele.

Finalmente, as tentativas começaram com as princesas, as marquesas e as duquesas, mas seus dedos, embora delicados, eram grossos demais para o anel. Em seguida, as condessas, as baronesas e toda a nobreza apresentaram suas mãos, mas sem sucesso. Depois, vieram as garotas trabalhadoras, que muitas vezes tinham dedos finos e bonitos, mas o anel também não se encaixou em nenhum deles.

Foi necessário, então, recorrer às criadas, às ajudantes de cozinha, às escravas e às cuidadoras de aves domésticas, com suas mãos vermelhas e sujas. Pôr o delicado anel em seus dedos desajeitados era como tentar enfiar uma corda grossa pelo buraco de uma agulha.

Por fim, as tentativas se esgotaram. Só restava Pele de Asno, em seu canto da cozinha da fazenda. Mas quem sonharia que ela pudesse se tornar rainha?

– E por que não? – perguntou o príncipe. – Peçam a ela que venha aqui.

Com isso, alguns começaram a rir, outros protestaram contra trazer aquela criatura assustadora para o quarto do príncipe. Mas quando ela tirou de debaixo da pele de asno uma mão delicada, branca como marfim, e o anel foi colocado em seu dedo e encaixou perfeitamente, todos ficaram surpresos.

Prepararam-se para levá-la imediatamente ao rei, mas ela disse que, antes de aparecer diante de seu amo e senhor, gostaria de ser autorizada a trocar de roupa. Para dizer a verdade, houve quem risse desse pedido, mas, quando ela chegou ao palácio num belo vestido cuja riqueza nunca tinha sido vista, com seu cabelo loiro todo iluminado com diamantes, seus doces olhos azuis e atraentes e sua cintura tão fina que duas mãos podiam cercá-la, até as graciosas senhoritas da corte pareciam ter perdido todo o charme. No meio de toda essa alegria e emoção, o rei não deixou de notar os encantos de sua futura nora, e a rainha também ficou completamente encantada com ela. O próprio príncipe achou que sua felicidade era maior do que podia suportar.

Os preparativos para o casamento foram logo iniciados, e os reis de todos os reinos vizinhos foram chamados para a festa. Alguns vieram do Oriente, montados em enormes elefantes. Outros tinham um olhar feroz que assustava as criancinhas. De todos os cantos do mundo, numerosos convidados chegaram aos pátios do palácio.

Mas nem o príncipe nem nenhum dos outros reis apareceu em tão grande esplendor quanto o pai da noiva, que reconheceu a filha e implorou por seu perdão.

– Como os céus são bondosos! – exclamou ele. – Permitir que eu a veja novamente, minha querida filha.

Chorando de alegria, abraçou-a com ternura. Sua felicidade foi compartilhada por todos, e o futuro marido ficou encantado ao descobrir que seu sogro era um rei tão poderoso. Naquele momento, a fada madrinha chegou também e contou toda a história da afilhada, e o que ela disse só aumentou o triunfo de Pele de Asno.

Essa história pode ser difícil de acreditar, mas que aconteceu, aconteceu, e até hoje tem gente contando e gente ouvindo... ou lendo! ■

Ilustração de Frederic Theodore Lix/Gustave Staal

Ilustração de Alexander Zick

João e Maria

Título original:
Hänsel und Gretel
(1812)

Jacob e Wilhelm Grimm

Muito antigamente, atrás das mil voltas do tempo, às margens de uma grande floresta, morava um pobre lenhador com sua segunda esposa e os dois filhos de seu primeiro casamento. O menino chamava-se João e a menina, Maria. Eles mal tinham o que comer, e, quando uma grande crise atingiu a região, ficou difícil conseguir até mesmo o pão de cada dia. À noite, aflito, o lenhador rolava na cama o tempo todo, pensando no assunto. Numa dessas noites, gemendo, disse à esposa:

– O que vai ser de nós? Como vamos alimentar nossas crianças quando não temos quase nada nem pra nós mesmos?

– Vou lhe dizer o que fazer, marido – respondeu a mulher. – Amanhã cedo, vamos levar as crianças para a parte mais densa da floresta. Lá, acendemos uma fogueira e damos, a cada um, um pedaço de pão. Em seguida, vamos pro trabalho e deixamos os dois sozinhos. Eles não vão encontrar o caminho de volta pra casa, e ficamos livres.

– Não, mulher! – exclamou o homem. – Não vou fazer isso! Como posso deixar meus filhos sozinhos na floresta?! Os animais selvagens logo viriam e os deixariam em pedaços.

– Oh, seu idiota! – respondeu ela. – Então vamos os quatro morrer de fome, você já pode encomendar a madeira pros nossos caixões.

E não o deixou em paz até que ele concordou.

– Mas fico muito triste pelas pobres crianças mesmo assim – resignou-se o homem.

Mas as duas crianças, que também não tinham conseguido dormir por causa da fome, ouviram a conversa da madrasta com o pai.

Maria chorou muito, e disse a João:

– Pronto, está tudo acabado pra nós!

– Fique quieta, Maria – disse João. – Não se preocupe, logo vou encontrar uma maneira de nos tirar dessa.

E quando os adultos dormiram, ele se levantou, vestiu seu casaco, abriu a porta e saiu silenciosamente. A Lua brilhava, e as pedrinhas brancas que ficavam em frente à casa cintilavam como moedas de prata. João inclinou-se e encheu o pequeno bolso do casaco com todas as pedrinhas que conseguiu. Voltou para dentro e disse a Maria:

– Fique tranquila, irmãzinha querida, e durma em paz –, e deitou-se de novo.

Quando o dia amanheceu, a mulher entrou e acordou as crianças, dizendo:

– Levantem-se, preguiçosos! Estamos indo pra floresta buscar lenha. – Deu um pequeno pedaço de pão para cada um e disse: – Isso é pro seu almoço, mas não comam antes, pois não vão ter mais nada.

Como o bolso de João estava cheio de pedras, Maria guardou o pão no cós da saia, debaixo do avental; e partiram todos pelo caminho da floresta. Desde o começo da caminhada, várias vezes João parou e olhou para a casa, que ia ficando cada vez menor. O pai quis saber:

– João, por que está ficando pra trás e olhando pra lá o tempo todo? Preste atenção, e não se esqueça de caminhar.

– Ah, pai – justificou João –, estou olhando pro meu gatinho branco, que está sentado no telhado e quer se despedir de mim.

A madrasta se intrometeu:

– Menino João, aquilo não é o gato, é o sol da manhã brilhando nas chaminés.

É claro que João não estava olhando para o gato, estava o tempo todo jogando as pedrinhas brancas no caminho por onde seguiam.

Quando chegaram ao meio da floresta, o pai ordenou:

– Agora, crianças, juntem um pouco de madeira, vou acender uma fogueira pra vocês não passarem frio.

Juntos, João e Maria fizeram uma pilha de gravetos tão alta quanto uma pequena colina. A madeira foi acesa, e, quando as chamas estavam altas, a mulher recomendou:

– Agora, crianças, deitem-se perto do fogo e descansem. Vamos pra floresta cortar mais um pouco de madeira. Quando terminarmos, voltamos e buscamos vocês.

João e Maria sentaram-se perto do fogo, e, quando deu meio-dia, cada um comeu um pedaço de pão. Ao ouvirem golpes de machado, acharam que seu pai estava próximo. No entanto, não era um machado, e sim um ramo preso a uma árvore seca, que o vento soprava para lá e para cá. E, como estavam quietinhos há muito tempo, seus olhos se fecharam de cansaço, e eles adormeceram. Quando finalmente acordaram, já estava de noite. Maria começou a chorar e perguntou, aflita:

– Como é que vamos sair da floresta agora?

João a confortou, dizendo:

– Basta esperar um pouco, até a Lua subir, e logo vamos encontrar o caminho.

E, quando a lua cheia estava alta, João levou a irmã pela mão e seguiu as pedras, que brilhavam como moedas de prata novinhas e lhes mostravam o caminho.

Caminharam a noite inteira, e, ao romper do dia, chegaram de volta à casa do pai. Bateram à porta, e, quando a mulher a abriu e viu que eram João e Maria, xingou:

– Crianças desobedientes, por que dormiram tanto na floresta? Pensamos que nunca fossem voltar!

O pai, porém, se alegrou, pois estava com o coração partido por tê-los abandonado.

Pouco tempo depois, a crise piorou, e à noite as crianças ouviram a madrasta dizendo para seu pai:

– Estamos quase sem nada de novo, temos só um pão. As crianças têm de ir embora! Vamos levá-las mais pra dentro da floresta, de modo que elas não encontrem o caminho de volta de novo. Não há outro meio de nos salvarmos!

O coração do homem ficou pesado, e ele pensou: "Seria melhor dividir o último pedaço com meus filhos".

A mulher, que nunca ouvia o que ele tinha a dizer, o repreendeu e censurou: o marido tinha de manter sua palavra. E, como ele havia se rendido na primeira vez, teve de fazer o mesmo de novo.

Mas as crianças, espertas, ainda estavam acordadas, ouvindo a conversa. Quando os dois dormiram, João levantou-se novamente e quis sair e pegar pedrinhas, mas a mulher tinha trancado a porta, e o menino não conseguiu ir a lugar nenhum. No entanto, consolou a irmã:

– Não chore, Maria, vá dormir tranquila, a sorte vai nos ajudar.

De manhã, bem cedo, veio a mulher e tirou as crianças da cama. Deu a eles um pedaço de pão ainda menor do que o primeiro. No caminho para a floresta, João despedaçou o seu no bolso, e várias vezes parou, jogando migalhas no chão.

– João, por que você fica parando e olhando pra trás? – ralhou o pai. – Vá em frente!

– Estou olhando pro meu pombinho, que está no telhado e quer se despedir de mim – respondeu João.

– Idiota! – exclamou a mulher. – Aquilo não é o pombo, é o sol da manhã brilhando na chaminé.

Mas João, pouco a pouco, jogou todas as migalhas no caminho.

A mulher levou as crianças para um lugar ainda mais no interior da floresta, aonde eles nunca tinham ido na vida. Em seguida, outra grande fogueira foi acesa, e a madrasta disse:

– Agora, sentem-se aí, crianças! Quando estiverem cansadas, podem dormir um pouco. Estamos indo pra floresta cortar madeira e, à noite, quando acabarmos, viremos buscá-los.

Quando era meio-dia, Maria repartiu seu pedaço de pão com João, que tinha jogado o seu pelo caminho. Eles adormeceram, e a noite passou, e ninguém veio buscar os dois.

Eles só acordaram quando a noite já tinha caído, e João consolou a irmã:

– Espere, Maria. Quando a Lua aparecer, vamos ver as migalhas de pão que espalhei. Elas vão nos mostrar o caminho de volta para casa.

Quando a Lua veio, eles partiram, mas não encontraram as migalhas, pois as milhares de aves que voam sobre a floresta e os campos tinham comido todas. João disse:

– Não faz mal, logo vamos encontrar o caminho.

Mas não encontraram. Caminharam a noite inteira e o dia seguinte também, da manhã à noite, mas não saíram da floresta. Estavam com muita fome e não tinham nada para comer, exceto duas ou três frutinhas que cataram do chão. Estavam também tão cansados, que suas pernas não conseguiam mais andar. Deitaram-se debaixo de uma árvore e adormeceram.

Três manhãs já tinham se passado desde que deixaram a casa do pai. Eles continuaram a andar, mas sempre se aprofundavam mais na floresta. Se alguma ajuda não chegasse logo, iriam morrer de fome e fraqueza.

Por volta do meio-dia, viram um lindo pássaro, branco como a neve, pousado em um galho. Cantava tão alegremente que pararam para ouvi-lo. E, quando sua música acabou, ele abriu as asas e voou para longe.

As crianças o seguiram até chegar a uma pequena casa, em cujo telhado a ave pousou. Quando se aproximaram, viram que ela era construída de pão e coberta com bolos, com janelas de açúcar puro.

– Vamos aproveitar isso – disse João – e fazer uma boa refeição. Vou comer um pouco do telhado, e você, Maria, pode comer um pouco da janela. Deve ser doce.

João alcançou a parte de cima e quebrou um pedaço do telhado para ver que gosto tinha, e Maria inclinou-se para a janela e mordiscou a beirada.

Logo, uma voz suave gritou lá de dentro:

Lambe, mordisca e mastiga.
Quem é que agora mordisca
essa minha casa antiga?

As crianças responderam:

É o vento, é o vento,
o vento que vem de longe.

E continuaram comendo, sem se perturbar. João, que gostou do sabor do telhado, destruiu uma grande parte dele, e Maria pegou uma vidraça redonda inteira, sentou-se e se deliciou com ela.

De repente, a porta se abriu, e uma mulher tão velha quanto as montanhas, apoiada em muletas, apareceu. João e Maria se assustaram, deixando cair o que tinham nas mãos. A velha, porém, balançou a cabeça e disse:

– Oh, são vocês, queridas crianças! Quem trouxe vocês aqui? Entrem e fiquem comigo. Nada de mau vai lhes acontecer.

A mulher pegou os dois pelas mãos e os levou para dentro de sua pequena casa. Então, providenciou coisas deliciosas para eles: leite e panquecas com açúcar, maçãs e nozes. Depois, duas camas pequenas foram cobertas com lençóis de linho branco, e João e Maria se deitaram, pensando que estavam no céu.

Mas a velha só estava fingindo ser gentil; na verdade, era uma bruxa má, que vivia à espera de crianças, e tinha construído a pequena casa de pão para atraí-las. Quando uma criança caía em sua armadilha, ela a matava, cozinhava e comia – e era um dia de festa para ela. As bruxas têm olhos vermelhos e não conseguem enxergar à distância, mas têm um olfato tão afiado quanto os animais e sabem quando seres humanos se aproximam. Quando João e Maria entraram em seu território, ela riu com malícia e comemorou, irônica:

– Eles são meus, não vão escapar!

No início da manhã, antes de as crianças acordarem, a bruxa já estava de pé. Ao ver os dois dormindo, tão lindos, com suas bochechas redondas e rosadas, murmurou para si mesma:

– Vai ser um banquete delicioso...

E começou a agir. Levantou João com as mãos enrugadas, levou-o para um pequeno estábulo e o trancou atrás de uma porta com grades. Mesmo que o menino gritasse o mais alto que podia, nada o ajudaria. Em seguida, ela foi buscar Maria; sacudiu-a até que acordasse, gritando:

– Levante, preguiçosa! Vá buscar água e cozinhar algo bom para seu irmão. Ele está lá fora, no estábulo, e precisa engordar. Quando estiver gordo, vou comê-lo.

Maria começou a chorar, desesperada, mas não adiantou, pois foi forçada a fazer o que a bruxa mandava.

Dali em diante, a melhor comida era preparada para o pobre João, e Maria só ganhava cascas e restos. Todas as manhãs, a mulher se arrastava até o pequeno estábulo e gritava:

– Menino, estique o dedo pra eu ver se está ficando gordinho.

Mas João, esperto, estendia um pequeno osso, e a velha, que tinha olhos fracos, não conseguia vê-lo direito e achava que era o dedo do menino. E começou a estranhar, porque não havia jeito de ele engordar. Ao final de quatro semanas, João continuava magro, e a bruxa perdeu a paciência e não quis mais esperar.

– Maria! – gritou para a menina –, mexa-se e traga um pouco de água. Gordo ou magro, amanhã vou matar o João e cozinhá-lo.

Ah, como a pobre irmã se lamentou, enquanto buscava a água, e como as lágrimas rolaram por suas bochechas!

– Oh, céus, nos ajudem! – ela gritou. – Se os animais selvagens da floresta tivessem nos devorado, pelo menos morreríamos juntos.

– Cale-se! – ordenou a velha. – Isso não vai ajudar vocês em nada.

No início da manhã, Maria teve de ir lá fora para encher o caldeirão com água e acender o fogo.

– Primeiro, vamos assar o pão – avisou a velha. – Já aqueci o forno e sovei a massa –, e empurrou a pobre Maria para o forno, já bem quente. – Entre aí! – ordenou a bruxa. – Veja se ele está devidamente aquecido para assarmos o pão.

Seu plano era, uma vez que Maria estivesse lá dentro, fechar o forno e deixá-la assar, pois comeria a menina também. Mas Maria percebeu o que a bruxa tinha em mente e disse:

– Não sei o que devo fazer. Como faço para entrar?

– Tola! – exclamou a velha. – A porta é grande o suficiente. Basta olhar, até eu consigo entrar! –, aproximou-se e enfiou a cabeça no forno.

Então Maria lhe deu um empurrão que a levou para o fundo do forno. Rápida, fechou a porta e passou o ferrolho. Pronto: a velha começou a uivar de uma maneira horrível, mas Maria fugiu, e a malvada bruxa queimou até morrer.

Maria correu como um raio até João, abriu o pequeno estábulo e gritou:

– João, estamos salvos! A velha bruxa está morta!

Quando a porta se abriu, João surgiu, como um pássaro saindo de uma gaiola. Os dois irmãos festejaram e se abraçaram e dançaram e se beijaram! E, como já não tinham por que temê-la, foram para a casa da bruxa, onde, em todos os cantos, havia baús cheios de pérolas e joias.

– Isto é muito melhor do que pedrinhas! – comemorou João, e enfiou nos bolsos tudo o que conseguiu.

– Também vou levar alguma coisa para casa comigo – disse Maria enchendo seu avental.

– Mas agora temos de ir – alertou João. – Temos que sair da floresta da bruxa.

Depois de terem caminhado durante duas horas, chegaram a um grande rio.

– Não vamos conseguir atravessar – disse João. – Não estou vendo nenhum caminho nem ponte.

– E também não há nenhuma balsa – respondeu Maria. – Mas um pato branco está nadando ali, veja. Se eu pedir, ele vai nos ajudar a atravessar, com certeza –, e gritou:

Patinho, patinho, aqui nos vê?
João e Maria precisam de você.
Não há caminho nem ponte aqui,
ajude-nos, então, a atravessar pr'ali.

O pato nadou até eles, João sentou-se em suas costas e disse para a irmã se juntar a ele.

– Não – respondeu Maria. – Vai ficar muito pesado para o patinho. É bom ele levar um de cada vez.

O prestativo patinho assim fez, e, quando os irmãos estavam em segurança do outro lado, caminharam por um curto período de tempo até que a floresta começou a parecer cada vez mais familiar. Finalmente, eles viram, à distância, a casa de seu pai.

Começaram a correr, entraram na sala e se atiraram nos braços do pai. O homem não tinha tido um minuto de paz desde que deixara as crianças na floresta. Sua mulher, no entanto, tinha morrido de uma doença repentina.

Maria despejou o conteúdo de seu avental, e pérolas e pedras preciosas se espalharam pela sala; e João acrescentou tudo o que estava em seu bolso.

Assim, toda a angústia acabou, e pai e filhos viveram juntos em perfeita felicidade.

Foi isso mesmo que aconteceu, quem contou foi o Zebedeu. ∎

Ilustração de Arthur Rackham

Ilustração de Harry Clarke

A pequena vendedora de fósforos

Título original:
Den lille Pige med Svovlstikkerne
(1845)

Hans Christian Andersen

Era num tempo que, se contar, ninguém acredita. Fazia um frio terrível, de céu escuro e denso, na última noite do ano velho. A neve caía, rápida. No frio e na escuridão, uma menina pobre, com a cabeça descoberta e os pés descalços, vagava pelas ruas. É verdade que estava usando um par de chinelos quando saiu de casa, mas eles não tinham sido muito úteis. Eram muito grandes – porque, de fato, pertenciam a sua mãe –, e a pobre criatura os tinha perdido, correndo pela rua para fugir de duas carruagens que rodavam a uma velocidade incrível. Um pé do chinelo ela não conseguiu encontrar, e um menino agarrou o outro e fugiu com ele, dizendo que poderia usá-lo como berço, quando tivesse seus próprios filhos. Então, a menina continuou, com os pequenos pés descalços, azulados por causa do frio. Em um velho avental, ela carregava fósforos, e havia um monte deles em suas mãos. Ninguém tinha comprado nada o dia inteiro, nem lhe dado um centavo sequer. Tremendo de frio e de fome, continuou se arrastando pelo caminho: pobre criança, era a imagem da miséria. Os flocos de neve caíam em seus longos cabelos loiros, que pendiam em cachos sobre os ombros, mas ela nem olhou para eles.

Luzes brilhavam em todas as janelas, e havia um aroma apetitoso de peru assado, pois era véspera do Ano Novo – sim, ela se lembrava disso. Em uma esquina, entre duas casas, uma das quais se projetava sobre a outra, ela se sentou e se encolheu. Tentou esconder os pés sob as pernas, mas não conseguiu evitar o frio; e não se atrevia a ir para casa, pois não tinha vendido nenhum fósforo e não tinha um centavo sequer para levar de volta. O pai com certeza iria bater nela. Além disso, em casa era quase tão frio quanto ali, pois tinham apenas, para cobri-los, o telhado, através do qual o vento uivava, embora os maiores buracos estivessem tapados com palha e trapos. Suas mãos estavam quase congeladas. Ah! Talvez um fósforo aceso fosse uma boa ideia, se pudesse tirá-lo do pacote e acendê-lo na parede, apenas para aquecer os dedos. Ela pegou um – "scretch!", ele estalava à medida que queimava e fornecia uma luz quente e brilhante, como uma pequena vela, enquanto a menina mantinha a mão sobre ele. Era realmente uma luz maravilhosa. Para a menina, parecia que estava sentada junto a um grande aquecedor de ferro, com pés de bronze polido e um ornamento também de bronze. Como o fogo queimava! E parecia tão quente que a criança estendeu os pés, como que para aquecê-los, quando... Oh, não! A chama se apagou, o aquecedor desapareceu, e ela ficou apenas com os restos do fósforo, queimado pela metade, na mão.

Ela raspou outro fósforo na parede. Ele explodiu em uma chama, e o local onde sua luz refletiu na parede tornou-se tão transparente quanto um véu, e a menina conseguia ver o interior do cômodo. A mesa estava coberta com uma toalha branca como a neve, sobre a qual havia um maravilhoso jantar e um peru assado fumegante, recheado com maças e ameixas secas. E o que era ainda mais maravilhoso: o peru saltou do prato e saiu rebolando pelo chão, com um garfo e uma faca em seu peito, até a pequena menina. Em seguida, o fósforo se apagou, e não sobrou nada, exceto a úmida parede fria e espessa, diante dela.

Outro fósforo foi aceso, e a menina se viu sentada sob uma bela árvore de Natal. Era maior e mais bem decorada do que a que tinha visto, através da porta de vidro, na casa de um rico comerciante. Milhares de velas ardiam em cima dos ramos verdes, e imagens coloridas, como aquelas que tinha visto nas vitrines, observavam tudo lá de cima. A criança estendeu a mão na direção delas, e o fósforo se apagou.

As luzes de Natal subiam cada vez mais, até olharem para ela como as estrelas no céu. Então ela viu uma estrela cadente, deixando atrás de si um feixe brilhante de fogo. "Alguém está morrendo", pensou a menininha, pois sua velha avó, a única pessoa que a tinha amado e que agora estava morta, lhe dissera que, quando uma estrela cai, uma alma sobe para os céus.

Mais uma vez, esfregou um fósforo na parede, e a luz se acendeu em volta dela; no brilho, estava sua velha avó, clara e faiscante, mas de aparência suave e amorosa.

– Vovó! – gritou a pequena. – Me leve com você! Sei que vai embora quando o fósforo queimar; você vai desaparecer como o aquecedor quente, o peru assado e a gloriosa árvore de Natal.

E se apressou em acender todo o pacote de fósforos, pois desejava que sua avó ficasse ali. Os fósforos brilhavam com uma luz que era mais forte do que a do meio-dia, e sua avó nunca pareceu tão grande ou tão bonita. Ela pegou a menina nos braços, e ambas voaram no brilho e na alegria, muito acima da Terra, onde não havia frio nem fome nem dor.

De manhãzinha, lá estava a criança, com o rosto pálido e a boca sorridente, encostada na parede: tinha morrido congelada na última noite do ano. E o sol do Ano Novo subiu e brilhou sobre o pequeno corpo. A menina continuava sentada, na rigidez da morte, com os fósforos na mão. Um pacote deles estava queimado.

– Ela tentou se aquecer – disse alguém.

Ninguém imaginava as lindas coisas que a menina tinha visto, nem em que glória tinha entrado com sua avó, no dia de Ano Novo.

Triste, sim, mas tudo aconteceu assim... ■

Ilustração de George Cruikshank

O ganso de ouro

Título original:
Die goldene Gans
(1812)

Jacob e Wilhelm Grimm

Num tempo em que havia coisas que hoje não se veem, vivia um homem com a mulher e seus três filhos. O mais moço dos três tinha o apelido de Simplório e era desprezado, ridicularizado e maltratado por todos.

Um dia, o filho mais velho resolveu cortar lenha na floresta e, antes de partir, a mãe lhe deu uma bela torta e uma garrafa de vinho, para que não ficasse com fome ou sede. Quando entrou na floresta, encontrou um velhinho de cabelos grisalhos que o cumprimentou e pediu:

— Não pode me dar um pedaço de bolo e um gole do seu vinho? Estou com tanta fome e com tanta sede!

O rapaz respondeu:

– Se eu lhe der minha torta e meu vinho, não terei nada pra mim mesmo. Saia do meu caminho!

Deixou o homenzinho lá e continuou. Mas, quando começou a derrubar uma árvore, não demorou muito para dar um golpe errado, e o machado lhe fez um corte no braço. Com isso, teve de voltar para casa e cuidar do ferimento.

Aquilo tinha sido uma peça pregada pelo homenzinho grisalho.

Depois disso, o segundo filho decidiu entrar na floresta, e sua mãe lhe deu, como ao mais velho, uma torta e uma garrafa de vinho. Como antes, o velho grisalho o encontrou e, de novo, pediu a ele um pedaço de torta e um copo de vinho. Mas o segundo filho também ponderou:

– O que eu lhe der faltará pra mim mesmo. Saia da minha frente!

Deixou o pequeno homem lá e continuou. Sua punição, no entanto, não demorou: depois de dar alguns golpes na árvore, feriu-se na perna, de modo que teve de ser carregado para casa.

Então, Simplório disse:

– Pai, deixe que eu vá cortar madeira.

O pai respondeu:

– Seus irmãos já se machucaram, esqueça. Você não entende nada disso.

Mas Simplório implorou tanto que, finalmente, ele cedeu:

– Então vá! Assim, vai ficar mais esperto!

Sua mãe lhe deu uma broa assada na brasa e uma garrafa de cerveja amarga.

Quando ele chegou à floresta, o velho homenzinho grisalho o cumprimentou, como tinha feito com seus irmãos, e perguntou:

— Pode me dar um pedaço de sua torta e um gole de sua garrafa? Estou com tanta fome e sede!

Simplório respondeu:

— Só tenho broa assada na brasa e cerveja amarga. Se for do seu gosto, vamos sentar e comer.

Eles se sentaram e, quando Simplório pegou a broa, ela tinha se transformado em uma bela torta, e a cerveja amarga, em um bom vinho. Então, eles comeram e beberam, e depois o homenzinho disse:

— Como você tem um bom coração e está disposto a dividir o que possui, vou lhe dar boa sorte. Está vendo aquela árvore velha? Derrube-a, e vai encontrar algo precioso nas raízes.

E o pequeno homem se despediu dele.

Simplório foi até lá e cortou a árvore, e, quando ela caiu, viu um ganso, com penas de ouro puro, sentado nas raízes. Ele pegou a ave e a carregou até uma pousada, onde passaria a noite. O dono da pousada tinha três filhas, que viram o ganso e ficaram curiosas em saber que ave tão maravilhosa era aquela. Todas queriam uma de suas penas douradas.

A mais velha pensou: "Em breve, vou encontrar uma oportunidade de arrancar uma pena".

Assim que Simplório saiu do quarto, ela agarrou o ganso pela asa, mas sua mão e seus dedos ficaram grudados nele.

A segunda filha veio logo depois, só pensando em como poderia conseguir uma pena, mas mal tocou sua irmã e também ficou grudada.

Por fim, a terceira veio com a mesma intenção, e as outras gritaram:

— Fique afastada! Por favor, não chegue mais perto!

Ela não entendeu por que deveria manter distância. "As outras estão lá", pensou, "também posso me aproximar", e correu até as irmãs. Mas, assim que tocou em uma delas, ficou grudada. Dessa forma, as três tiveram de passar a noite com o ganso.

Na manhã seguinte, Simplório pôs o ganso debaixo do braço e partiu, sem se preocupar com as meninas, que estavam grudadas na ave. Elas foram obrigadas a correr atrás dele, sem parar: à esquerda e à direita, onde quer que suas pernas o levassem.

No meio do campo, o padre se encontrou com eles e, quando viu a procissão, exclamou:

– Que vergonha, meninas danadas! Por que estão correndo pelos campos atrás deste jovem?

E agarrou a mais nova pela mão, tentando afastá-la, mas, assim que a tocou, também ficou preso, e ele próprio foi obrigado a correr atrás do rapaz.

Pouco tempo depois, o sacristão apareceu e viu seu mestre, o padre, correndo atrás de três meninas. Ficou surpreso com aquilo e gritou:

– Senhor! Padre, para onde vai com tanta pressa? Não esqueça que temos um batizado hoje!

E, correndo atrás do padre, segurou-o pela manga, acabando preso também.

Enquanto os cinco trotavam assim, um atrás do outro, dois camponeses vinham vindo com suas enxadas. O padre os chamou e pediu que o libertassem, assim como ao sacristão. Mas eles tocaram o sacristão e também ficaram presos, e agora havia sete infelizes correndo atrás de Simplório e seu ganso.

Logo depois, chegaram a uma cidade onde o rei tinha uma filha muito séria, tão séria que ninguém conseguia fazê-la rir. O rei tinha decretado que qualquer um que fosse capaz de fazê-la rir se casaria com ela. Quando Simplório ouviu isso, foi com o ganso e sua fila grudada encontrar a filha do rei. Logo que ela viu as sete pessoas correndo, uma atrás da outra, começou a rir, e riu, e riu, e riu alto como se nunca fosse parar.

Assim, Simplório pediu que ela se tornasse sua esposa. Mas o rei não gostou do genro e deu todo tipo de desculpas: disse que ele deveria, primeiro, encontrar um homem que conseguisse beber uma adega inteira de vinho.

Simplório pensou no homenzinho grisalho, que certamente poderia ajudá-lo, e foi para a floresta. No mesmo lugar onde tinha derrubado a árvore, viu um homem sentado, com o rosto muito triste. Simplório perguntou por que ele estava sofrendo tanto, e ele respondeu:

– Tenho tanta sede e não consigo saciá-la: água fria, eu não suporto; acabei de beber um barril de vinho, mas isso, para mim, é como uma gota em uma pedra quente!

– Sei como ajudá-lo – afirmou Simplório. – Só venha comigo e ficará satisfeito.

Ele o conduziu à adega do rei, e o homem se inclinou sobre os enormes barris e bebeu e bebeu até sua barriga doer. Antes de acabar o dia, tinha esvaziado todos os barris.

Simplório pediu mais uma vez a mão da princesa, mas o rei não gostava da ideia de que um sujeito tão feio e tolo, a quem todos chamavam Simplório, se casasse com sua filha. Então impôs uma nova condição: ele deveria, primeiro, encontrar um homem que conseguisse comer uma montanha inteira de pão.

Simplório não pensou duas vezes. Foi direto para a floresta, onde, no mesmo lugar, estava sentado um homem cujo corpo estava amarrado com uma cinta e que fazia uma cara horrível, dizendo:

– Já comi uma fornada inteira de pães, mas de que adianta, quando se tem uma fome gigante como a minha?

Meu estômago continua vazio, e tenho de apertar minha barriga se não quiser morrer de fome.

Simplório ficou contente, e convidou:

– Levante-se e venha comigo: você vai comer o tanto que quiser.

E o levou para o palácio do rei, onde toda a farinha do reino foi reunida, e dela nasceu uma enorme montanha de pães para serem assados. O homem da floresta ficou em frente a ela e começou a comer, e até o final do dia a montanha inteira tinha desaparecido.

Então, Simplório pediu, pela terceira vez, a mão da princesa, mas o rei novamente procurou uma saída e exigiu um navio que pudesse navegar na terra e na água.

– Assim que você navegar de volta nele – disse o rei –, terá minha filha como esposa.

Simplório foi direto para a floresta, e lá estava o homenzinho grisalho com quem tinha dividido sua torta. Quando ele ouviu o que Simplório queria, disse:

– Como você me deu comida e bebida, vou lhe conseguir o navio; e faço tudo isso porque, um dia, você foi muito bom pra mim.

Em seguida, deu-lhe o navio que navegava na terra e na água. Quando o rei viu aquilo, não pôde impedi-lo de se casar com sua filha.

O casamento foi celebrado, e, depois da morte do rei, Simplório herdou seu reino e viveu, por um longo tempo, feliz com sua esposa.

Parece mentira? Mas não é, Simplório está vindo ali pra confirmar... ■

Ilustração de W. Heath Robinson

Sapatinhos vermelhos

....

Título original:
De røde sko
(1845)

Hans Christian Andersen

Num tempo de antigamente que não durou até hoje, vivia uma menina pequena, bonita e delicada, que no verão andava sempre descalça, pois era muito pobre. No inverno, tinha de usar pesados sapatos de madeira, que deixavam seus tornozelos vermelhos e doloridos.

No centro da aldeia, morava uma antiga sapateira. Conhecendo a situação da menina, ela usou velhas tiras vermelhas, sobras de vestidos e de couro, deu um jeito e fez um pequeno par de sapatos. Na realidade, eles eram bem grosseiros, mas feitos com a melhor das intenções para serem presenteados à menina, que se chamava Karen.

A primeira vez que Karen os calçou foi exatamente no dia em que sua mãe foi enterrada. Os sapatos, alegres, festivos, não eram muito adequados para o luto, mas ela não tinha outros, e, com eles nos pés sem meias, Karen acompanhou o pobre e simples caixão de sua mãe.

Naquele instante, passava uma grande carruagem, que levava uma nobre e velha senhora. Vendo a cena, a senhora teve pena da menina e foi conversar com o padre.

Karen tinha certeza de que isso acontecera por causa dos sapatos vermelhos. A velha senhora, porém, disse que eles eram horríveis e ordenou que fossem queimados. E levou a menina para morar com ela.

Karen passou a andar bem-vestida e até aprendeu a ler e a costurar. Todos diziam que ela era bonita, mas o espelho ia além:

– Você é mais do que bonita: é linda!

Um dia, a rainha percorria o reino com a princesa, sua filha. Karen, vendo aquilo, seguiu o povo, que se aglomerou em frente ao palácio para ver as duas nobres. A princesinha, num luxuoso vestido branco, chegou até a sacada para ser vista por todos. Não usava um vestido de cauda, nem coroa de ouro na cabeça, mas calçava lindos sapatos vermelhos, feitos de um couro macio chamado marroquim. Como eram diferentes daqueles que a velha sapateira da aldeia havia costurado para Karen! Seja como for, não existe nada neste mundo que se compare a um par de sapatos vermelhos!

Quando atingiu a idade de ser crismada, Karen ganhou vestidos e sapatos novos. A velha senhora a levou ao melhor sapateiro da cidade, que tirou a medida de seus pés, mas Karen foi logo atraída pelas vitrines da loja. Eram grandes armários com portas de vidro, cheios de lindos sapatos e botas brilhantes. Eram todos muito bonitos, mas, como a velha senhora não enxergava bem, não gostou de nenhum deles.

Entre os sapatos expostos havia um par vermelho, de couro, exatamente igual ao que a princesa usava. Eram perfeitos! O sapateiro contou que tinham sido feitos para a filha de um conde, mas não serviram.

– Devem ser de verniz – observou a senhora, olhando-os mais de perto. – São tão brilhantes!

– Realmente, são muito brilhantes – confirmou Karen.

Os sapatos lhe serviram, e a velha senhora os comprou, sem notar que eram vermelhos. Do contrário, não teria permitido que Karen os usasse para a cerimônia de crisma – que foi exatamente o que a menina fez.

Todos os olhos se viraram para os pés de Karen quando ela atravessou a igreja para ir até o altar. Parecia que até os velhos retratos coloridos nas sepulturas – retratos de velhos sacerdotes, com golas e trajes pretos – não tiravam os olhos dos sapatos vermelhos. E ela só conseguia pensar nos sapatos, até que o padre pôs a mão sobre sua cabeça e falou do sagrado batismo, da aliança com Deus e de seu dever como cristã. O órgão tocava solene, e as crianças cantavam em coro, mas Karen só pensava nos sapatos vermelhos.

Antes do anoitecer, a velha senhora já sabia que os sapatos eram vermelhos. Censurou a menina, dizendo como era inadequado usar sapatos vermelhos na igreja. Que coisa feia! Daquele dia em diante, quando fosse à igreja, deveria usar sapatos pretos, mesmo que estivessem velhos.

No domingo seguinte havia missa. Enquanto se arrumava, Karen olhava para os sapatos pretos, depois para os vermelhos, e novamente para os pretos. Seus olhos se fixaram nos vermelhos, e ela não resistiu e os calçou.

Era um belo dia ensolarado. Karen e a velha senhora pegaram um atalho pelo campo de milho, onde havia muita poeira. Junto à porta da igreja, estava um velho soldado, de muletas, com uma estranha barba comprida, mais vermelha do que branca. Fazendo uma reverência, ele perguntou à velha senhora se podia limpar seus sapatos. Ela concordou, e Karen também estendeu os pés.

– Que lindos sapatos de baile! – disse o soldado. – Fiquem firmes no pé, quando dançarem! – acrescentou, dando um tapinha na sola dos sapatos.

A velha senhora deu uma moeda ao soldado, e as duas entraram na igreja. Lá dentro, todo mundo, inclusive as imagens nas paredes, olhou novamente para os sapatos vermelhos da menina. Quando se ajoelhou diante do altar e encostou os lábios no cálice de ouro, Karen só pensava nos sapatos vermelhos. Era como se eles boiassem no vinho dentro do cálice. Ela se esqueceu até de cantar o salmo e de rezar o pai-nosso.

Depois da missa, a velha senhora entrou na carruagem. Karen estava se preparando para fazer o mesmo quando o velho soldado repetiu:

– Oh, que lindos sapatos de baile!

Como se tocada por uma estranha força, Karen não pôde deixar de executar alguns passos de dança. Nisso, a velha a chamou para irem embora e ela se preparou para subir na carruagem, mas... não conseguiu parar de dançar. Tentou de todas as formas, mas parecia que os sapatos a dominavam. Sempre dançando, contornou a esquina da igreja, sem conseguir resistir àquela força que a fazia rodopiar e rodopiar. O cocheiro teve de correr atrás dela e carregá-la para dentro da carruagem. Mas os pés da menina continuaram a dançar, dando pontapés na boa senhora. Só quando ela tirou os sapatos foi que seus pés se aquietaram.

Em casa, os sapatos foram guardados na prateleira mais alta de um armário, mas Karen, sem conseguir se controlar, volta e meia ia até lá e ficava olhando para eles.

Logo depois desse estranho acontecimento, a velha senhora adoeceu, e os médicos disseram que não sobreviveria. Seu estado requeria cuidados constantes e tratamentos especiais, e ela dependia totalmente de Karen. Mas haveria um grande baile na cidade, e Karen tinha sido convidada. Ela observou a velha senhora, que dormia, e pensou que, de qualquer modo, ela não iria sobreviver. Pensou também nos sapatos vermelhos e achou que não havia nenhum problema em dar uma olhadinha neles. Pegou-os no armário e calçou-os, pois achou que não havia nenhum problema nisso também. Por fim, concluiu que não havia mal em ir ao baile, e, com uma última olhadela para a velha senhora, que continuava a dormir, ofegante, saiu. Chegando ao salão de baile, imediatamente começou a dançar.

Foi então que novas coisas estranhas aconteceram. Quando Karen tentava ir para a direita, os sapatos a puxavam para a esquerda. Quando queria ir para a parte mais alta do salão, os sapatos a levavam para baixo, sem que ela conseguisse controlá-los. Assim, eles dançaram escada abaixo, atravessaram a rua e saíram pelo portão da cidade. Karen dançava e dançava e dançava e não conseguia parar.

E, sempre dançando, acabou sendo levada para a densa e sombria floresta.

Tinha acabado de entrar na floresta quando um clarão surgiu entre as árvores; a mocinha achou que fosse a lua, mas era o velho soldado de barba vermelha, que balançou a cabeça e disse:

– Que lindos sapatos de baile!

Apavorada, Karen quis tirar os sapatos vermelhos, mas não conseguiu. Tirou as meias, rasgando-as, mas os sapatos continuaram presos a seus pés. Por menos que quisesse, ela tinha de dançar, e foi o que fez dali em diante: dançar pelos campos e prados, pelas ruas e praças, com sol e com chuva, dia e noite.

À noite, isso era ainda mais horrível. Em uma delas, dançando sempre, Karen entrou no cemitério, mas os mortos não dançaram com ela, tinham coisa melhor a fazer. Ela quis sentar-se numa velha sepultura, onde cresciam samambaias agrestes, mas não encontrou paz ali também. Quando dançava na direção das portas abertas da igreja, viu um anjo de longa túnica branca, com asas que iam dos ombros até o chão. Seu rosto era grave e severo, e nas mãos empunhava uma espada longa e cintilante.

– Você vai dançar! – disse o anjo. – Dançará com seus sapatos vermelhos até ficar pálida e fria, até que sua pele se enrugue como a de um cadáver. Dançará de porta em porta, e, onde houver crianças soberbas, insensíveis e dominadas pela vaidade, deverá bater à porta, para que a vejam e tenham medo de você! Dançará, dançará sempre.

– Tenha piedade de mim! – gritou Karen.

Mas não ouviu o que o anjo respondeu: os sapatos já a levavam pelo portão e pelos campos, cruzando caminhos e atalhos, fazendo-a dançar sem parar.

Certa manhã, Karen passou dançando por uma porta que conhecia bem. Ouviam-se salmos, e um caixão, enfeitado com flores, estava sendo carregado para fora. Soube, então, que a velha senhora tinha falecido. Sentiu-se abandonada por todos e amaldiçoada pelo anjo de Deus.

Ela continuou dançando sempre, noite adentro. Os sapatos a levaram por espinheiros e tocos de árvores, que a feriram até sangrar. Dançou em um terreno baldio e chegou a uma casinha afastada. Sabia que lá morava o carrasco.[*] Bateu com o dedo na vidraça.

– Abra a porta! – implorou. – Não posso entrar, pois estou dançando.

– Com certeza não sabe quem eu sou! – respondeu o carrasco. – Sou aquele que corta a cabeça das pessoas más, e sinto meu machado começar a vibrar!

– Não corte minha cabeça, pois assim eu não poderia pagar meu pecado! – implorou Karen. – Corte meus pés! Só assim ficarei livre desses sapatos vermelhos!

Karen confessou todos os seus pecados, e o carrasco cortou seus pés calçados com os sapatos vermelhos. Os sapatos saíram dançando, com os pés dentro, na direção da floresta densa e escura. O homem esculpiu pés de pau e muletas para ela. Ensinou-lhe um salmo cantado pelos pecadores, quando se arrependiam do que tinham feito. Karen, depois de beijar a mão que segurava o machado, saiu caminhando pelo campo.

– Sofri bastante por causa daqueles sapatos vermelhos – pensou. – Agora, vou à igreja, para que todos me vejam.

Andou o mais depressa que podia, mas, ao chegar lá, viu os sapatos vermelhos dançando à sua frente. Apavorada, deu meia-volta.

---

[*] Encarregado de executar a pena de morte. (N.E.)

Passou a semana inteira entristecida e chorou muito. Mas, quando chegou domingo, disse mais uma vez:

– Já sofri e penei muito. Acho que agora sou tão boa quanto qualquer um lá na igreja.

E saiu, decidida; mas logo que chegou à porta da igreja, viu, de novo, os sapatos vermelhos dançando à sua frente. Mais aterrorizada ainda, voltou e, dessa vez, arrependeu-se verdadeiramente de seu pecado.

Depois, foi à casa paroquial e implorou que a deixassem trabalhar ali, como criada. Prometeu ser cuidadosa e fazer tudo o que pudesse. Não fazia questão de pagamento, só queria ter um teto e estar entre pessoas boas. A governanta do padre teve pena dela e lhe deu trabalho.

Karen era responsável e séria. Falava pouco, fazia seu serviço e, à noite, quando o padre lia a *Bíblia* em voz alta, ouvia cada palavra com atenção. As crianças, filhas da governanta, gostavam muito dela, mas, quando falavam de enfeites e de vestidos bonitos, de como ser linda como uma rainha, ela balançava a cabeça, triste.

No domingo seguinte, quando todos se preparavam para ir à igreja, perguntaram se ela não queria ir com eles. Karen, porém, olhando suas muletas, respondeu que não, com lágrimas nos olhos. Enquanto os outros foram ouvir a palavra de Deus, ela recolheu-se, sozinha, ao seu pequeno quarto, tão pequeno que mal cabiam uma cama e uma cadeira. Sentou-se ali com seu livro de salmos e, enquanto lia, com o coração aberto, ouviu o órgão tocar. O vento trazia os sons até sua janela. Seu rosto estava coberto de lágrimas, e ela suplicou:

– Ajudai-me, meu Deus!

O sol brilhou, e o anjo de túnica branca apareceu à sua frente. Era o mesmo que ela tinha visto na porta da igreja naquela noite terrível. Mas ele não empunhava mais a grande espada. Em sua mão havia um lindo ramo verde, cheio de rosas, com o qual ele tocou o teto. Uma estrela dourada surgiu onde o ramo tocou, e o teto se elevou em abóbada. O anjo tocou as paredes, que se abriram, e Karen viu o órgão tocando, viu os velhos retratos. Os fiéis estavam sentados nas cadeiras enfeitadas, e cantavam salmos. A própria igreja viera até a pobre menina, no seu pequeno quarto, ou ela é que teria sido levada à igreja? Sentou-se na cadeira, ao lado das pessoas da casa paroquial, e, quando terminaram de cantar o salmo e ergueram os olhos, todos lhe fizeram um sinal de aprovação, dizendo:

– Que bom que tenha vindo, Karen!

– Foi a misericórdia de Deus – ela respondeu.

O órgão soou, e as crianças do coro cantaram, ternas e suaves. A clara luz do sol entrou pelas janelas da igreja e alcançou o banco onde Karen se sentava. Ela estava tão preenchida de luz, paz e alegria, que seu coração falhou. Sua alma viajou pelo teto até o paraíso, onde ninguém mais lhe perguntou pelos sapatos vermelhos.

Essa história foi assim, e que bom que teve um fim! ■

Ilustração de Gordon Browne

Ilustração de Kay Nielsen

O soldadinho de chumbo

Título Original:
Den standhaftige tinsoldat
(1838)

Hans Christian Andersen

Num tempo em que o vento ventava ao contrário, existiam 25 pequenos soldados de chumbo, todos idênticos, pois tinham sido feitos a partir do mesmo velho molde. Portavam armas nos ombros e olhavam firm e para a frente, usando um lindo uniforme vermelho e azul. As primeiras palavras que ouviram, quando a tampa da caixa onde se encontravam foi aberta, foram: "Soldados de chumbo!".

O menino bateu palmas de alegria ao ver os soldadinhos. Eram seu presente de aniversário, e ele começou a organizá-los sobre uma mesa. Eram todos exatamente iguais, com exceção de um, que tinha apenas uma perna: fora o último a ser moldado, e não havia chumbo derretido suficiente. Mesmo assim, ele se mantinha firme sobre uma perna – o que o tornava muito singular.

Na mesa sobre a qual estavam os soldadinhos de chumbo, havia muitos outros brinquedos, e o mais interessante era um castelo de papel bem pequeno. Através das minúsculas janelas, era possível ver os cômodos. Em frente ao castelo, uma série de pequenas árvores cercavam um pedaço de espelho, que representava um lago. Cisnes feitos de cera nadavam no lago e se refletiam nele.

A cena inteira era encantadora, mas o mais lindo de tudo era uma delicada moça que ficava na porta aberta do castelo. Ela também era feita de papel e usava um vestido de musselina clara, com uma fita azul estreita sobre os ombros, como um xale, presa com uma rosa brilhante, tão grande quanto seu rosto. A bela moça era uma bailarina, com os dois braços esticados e uma das pernas levantada tão alto, que o soldadinho de chumbo não conseguia vê-la. Assim, ele achou que ela também só tinha uma perna.

"Essa é a mulher perfeita pra mim", ele pensou. "Mas ela é tão majestosa, e vive em um castelo, enquanto eu divido uma caixa com mais 24 irmãos – isso aqui não é lugar pra ela. Mesmo assim, tenho de tentar conhecê-la." Então, deitou-se na mesa atrás de uma caixa de rapé, de onde conseguia ver a delicada criaturinha – sempre sobre uma perna, sem perder o equilíbrio.

Ao anoitecer, os outros soldados de chumbo foram guardados na caixa, e os moradores da casa foram dormir. Logo, os brinquedos começaram a se divertir juntos, visitando uns aos outros, simulando lutas e jogando bolas. Os soldados de chumbo se mexiam em sua caixa: queriam sair e juntar-se aos outros, mas não conseguiam abrir a tampa. Os quebra-nozes davam cambalhotas, e o lápis saltava sobre a mesa. Havia tanto barulho, que o canário acordou e começou a falar – em versos. Apenas o soldadinho de chumbo e a bailarina permaneceram em seus lugares. Ela estava na ponta dos pés, com as pernas esticadas, tão firme quanto ele em sua única perna. Ele não tirava os olhos dela nem por um momento. O relógio bateu meia-noite e, de repente, abriu-se a tampa da caixa de rapé. Mas, em vez de rapé, saiu de lá um pequeno duende: a caixa era, na verdade, uma caixa-surpresa.

– Soldadinho de chumbo – disse o duende –, não deseje o que não lhe pertence.

Mas o soldadinho fingiu não ouvir.

– Muito bem. Espere até amanhã, então – resmungou o duende.

Quando as crianças vieram na manhã seguinte, colocaram o soldadinho de chumbo na janela. Agora, se o responsável foi o duende ou o vento, não se sabe, mas a janela se abriu, e, do terceiro andar, o soldadinho caiu na rua. Foi uma queda terrível! Ele bateu de cabeça no chão, seu capacete e sua baioneta se prenderam entre as pedras, e sua perna apontou para o céu. A criada e o menino logo desceram as escadas para procurá-lo, mas ele não estava bem à vista, embora quase tenham pisado nele. Se ele tivesse gritado "Estou aqui!", teria ficado tudo bem, mas o soldadinho era muito orgulhoso para, usando um uniforme, gritar por socorro.

Começou a chover, e as gotas caíam cada vez mais rápido, até se tornarem uma tempestade forte. Quando ela acabou, dois garotos passaram pelo local, e um deles disse:

– Olhe, um soldadinho de chumbo! Ele deveria ter um barco pra navegar nessa correnteza.

Fizeram, então, um barco de jornal, puseram nele o soldadinho de chumbo e o deixaram navegar pela valeta, enquanto corriam ao lado dela e batiam palmas. Minha nossa, que ondas enormes surgiram naquela valeta! E a correnteza rolava tão rápido! A chuva tinha sido muito forte. O barco de papel balançava para cima e para baixo e, às vezes, até girava com tanta velocidade, que o soldadinho de chumbo quase perdia o equilíbrio. No entanto, manteve-se firme. Seu rosto não se alterou: olhava sempre para a frente, com a arma no ombro. De repente, o barco entrou em um cano de esgoto, e tudo ficou tão escuro quanto a caixa dos soldadinhos.

"Pra onde estou indo agora?", pensou ele. "Isso é culpa daquele duende, tenho certeza. Ah, se ao menos a bela moça estivesse aqui comigo no barco, não me importaria com qualquer escuridão."

De repente, apareceu um enorme rato que vivia no esgoto.

– Onde está seu passaporte? – perguntou o rato. – Entregue-o agora! – Mas o soldadinho de chumbo permaneceu em silêncio e segurou a espingarda com mais força do que nunca. O barco continuou a navegar, e o rato o seguiu. Furioso, o animal rangeu os dentes e gritou para os pedaços de madeira e palha que boiavam: – Segurem-no, não o deixem passar, ele não pagou o pedágio e não mostrou seu passe!

Mas a correnteza seguia cada vez mais forte. O soldadinho de chumbo já conseguia ver a luz do dia brilhando lá na frente, onde o cano terminava. Em seguida, ouviu um rugido terrível, capaz de assustar o homem mais corajoso. No final do túnel, o cano caía em um grande canal ao longo de um declive – o que era tão perigoso para ele quanto uma cachoeira para nós. Estava perto demais para parar, e o barco avançou, e o pobre soldadinho de chumbo mal pôde se manter firme, sem mover uma pálpebra, para mostrar que não estava com medo.

O barco girou três ou quatro vezes e encheu-se de água até a borda. Nada poderia livrá-lo de afundar. Agora, o soldadinho estava com água até o pescoço, enquanto o barco afundava cada vez mais, e o papel molhado se tornava macio e instável, até que finalmente a água ultrapassou sua cabeça. Ele pensou na elegante bailarina, a quem nunca veria de novo, e a letra de uma canção soou em seus ouvidos: "Adeus, guerreiro! Sempre corajoso, mesmo na direção de sua sepultura".

O barco de papel se desmanchou, e o soldado afundou-se na água, sendo logo engolido por um grande peixe. Oh, como estava escuro dentro do peixe! Bem mais escuro do que no túnel, e mais estreito também! Algum tempo se passou, mas o soldadinho de chumbo continuou firme e se deitou de comprido, agarrado à sua espingarda.

Um dia, o peixe nadava para lá e para cá, como sempre, fazendo os movimentos mais maravilhosos, mas alguma coisa aconteceu, uns solavancos, e ele, finalmente, ficou quieto. Depois de um tempo, um relâmpago pareceu passar através dele, a luz do dia surgiu e uma voz gritou:

– Vejam! O soldadinho de chumbo!

O peixe tinha sido pescado, levado ao mercado e vendido à cozinheira da casa das crianças, que o levou para a cozinha e o abriu com uma grande faca. Ela pegou o soldado, segurou-o pela cintura, entre seu dedo indicador e o polegar, e o levou para o quarto.

Todos estavam ansiosos para ver esse maravilhoso soldado, que tinha viajado quilômetros dentro de um peixe, mas ele não estava nem um pouco orgulhoso. Eles o colocaram sobre a mesa, e – quantas coisas curiosas acontecem no mundo! – lá estava ele de novo, no mesmo quarto de cuja janela tinha caído. E lá estavam as mesmas crianças, os mesmos brinquedos sobre a mesa e o bonito castelo com a pequena bailarina elegante na porta. Ela ainda se equilibrava sobre uma perna e levantava a outra, tão firme quanto ele. Ao vê-la, o soldadinho de chumbo ficou tão emocionado, que quase chorou lágrimas de chumbo, mas conseguiu segurá-las. Só olhou para ela, e os dois permaneceram em silêncio. Porém, um dos garotinhos pegou o soldadinho de chumbo e o jogou na lareira. Ele não tinha nenhuma razão para fazer aquilo, portanto, só podia ser culpa do duende que vivia na caixa de rapé.

As chamas iluminaram o soldadinho de chumbo. O calor era terrível, mas se vinha do fogo real ou do fogo do amor, ele não saberia dizer. Em seguida, pôde ver que as cores brilhantes de seu uniforme estavam apagadas, mas se tinham se desbotado durante a sua viagem ou se era efeito de sua tristeza, ninguém poderia dizer. Ele olhou para a pequena bailarina, e ela olhou para ele. Ele sentiu-se derreter, mas ainda permaneceu firme, com sua arma no ombro.

De repente, a porta do quarto se abriu, e a corrente de ar carregou a pequena bailarina. Ela tremeu, voou como uma pluma direto para a lareira, ao lado do soldado de chumbo, e foi instantaneamente consumida pelas chamas, desaparecendo. O soldadinho de chumbo derreteu.

Na manhã seguinte, quando a criada tirou as cinzas da lareira, encontrou um pequeno coração de chumbo. Mas da pequena bailarina nada restava além de sua rosa, queimada como uma brasa.

E a história foi essa, sem tirar nem pôr: uma história tão triste, uma história de amor. ∎

Ilustração de Leutemann/ Offterdinger

A mesa, o burro e o porrete

Título original:
Tischlein deck dich, Goldesel und Knüppel aus dem Sack
(1812)

Jacob e Wilhelm Grimm

Num tempo muito antigo, em que o dia era noite e a noite era dia, viviam uma mulher e seus três filhos: João, Pedro e Heitor. João era o mais novo, Pedro, o do meio, e Heitor, o mais velho. Viviam em uma aldeia e eram felizes, mas muito, muito pobres. Para ajudar, os três rapazes resolveram procurar trabalho.

João foi trabalhar para um senhor gentil, em uma vila próxima. O homem fabricava mesas e outros objetos de madeira. O rapaz trabalhou duro durante um ano. Quando o ano terminou, o bom homem lhe deu uma mesa. Parecia velha e suja, mas era uma mesa mágica.

– Diga sempre: "Mesinha, ponha-se". Logo, por magia, comidas deliciosas aparecerão sobre ela – explicou o homem com um sorriso.

– O senhor é muito gentil – agradeceu João. E partiu.

Andou de país a país, de cidade a cidade, e estava sempre feliz. Levava a mesa nas costas. Quando queria comer, descia a mesa – na rua, junto a um rio, debaixo de uma árvore, o que fosse –, e dizia "mesinha, ponha-se", logo alguma comida gostosa aparecia.

Alguns meses mais tarde, João pensou: "Estou com saudade da minha mãe. Vou voltar pra casa".

Na última noite da viagem de volta, o rapaz chegou a uma casa velha onde morava um senhor idoso.

– Posso passar a noite aqui? – perguntou ao velho.

– Sim, você pode ficar, mas não posso lhe dar nenhum alimento – disse ele.

– Não precisa – respondeu João. – O senhor pode comer comigo.

Então, pôs a mesa no chão e disse: "mesinha, ponha-se". Uma comida deliciosa apareceu, e eles comeram.

Acontece que o tal senhor não era nada bondoso, e sim um invejoso. "Eu quero essa mesa", pensou. "Ela vai me dar comida, que posso vender para outras pessoas. Nunca mais passarei fome." Naquela noite, quando João estava dormindo, o velho pegou a mesa mágica em seu quarto. Trabalhou durante toda a noite e fez uma mesa nova. Era idêntica à outra, tinha até a aparência de velha. Sem fazer barulho, o homem a colocou ao lado da cama do jovem e saiu do quarto.

Na manhã seguinte, João colocou a nova mesa nas costas e foi para a casa da mãe, que ficou muito feliz quando viu o filho mais novo.

– O que você fez enquanto esteve fora? – ela quis saber.

– Fiz mesas – respondeu João. – E tenho uma aqui.

– Não parece muito boa – observou a mãe.

– Mas é uma mesa mágica – respondeu João. – Quando digo a ela: "mesinha, ponha-se", uma comida deliciosa aparece sobre ela.

– Mostre-me! – pediu a mãe.

– Vamos convidar nossos amigos da aldeia. Assim, todo mundo pode ver a mágica – sugeriu João.

A mãe de João convidou a aldeia inteira. João colocou a mesa no chão, na frente de todos, e disse: "mesinha, ponha-se". Mas nada aconteceu. Nenhuma comida gostosa surgiu.

Os amigos foram embora, em pequenos grupos, rindo e fazendo piadas com o acontecido. João ficou muito irritado. Agora sabia: o velho tinha pegado a mesa mágica. Muito triste, despediu-se da mãe e voltou para seu antigo emprego. Lá chegando, escreveu uma carta para o irmão, Heitor, contando a história da mesa mágica e do senhor invejoso.

Pedro, o segundo irmão, trabalhava com um homem amigável, em uma aldeia a muitos quilômetros de distância. Trabalhou duro durante um ano. Quando o ano terminou, o homem lhe deu um burro.

– Você não pode montar neste burro – explicou o homem. – Mas é um bom animal.

– É muito pequeno. Por que é um bom animal? – perguntou Pedro.

– Porque é um burro mágico – respondeu o homem. – Coloque uma caixa sob sua boca. Diga a palavra mágica "briquelebate", e vai sair ouro de sua boca e cair na caixa. Você nunca vai ser pobre.

– O senhor é muito gentil – disse Pedro, agradecendo.

Pedro andou de país a país, de cidade a cidade, e estava sempre feliz. Levava o burro com ele. Comprou as roupas mais caras e comeu as comidas mais maravilhosas. Ficou nas melhores casas. Quando queria mais dinheiro, dizia "briquelebate" para o burro e estava resolvido.

Alguns meses mais tarde, Pedro pensou: "Estou com saudade da minha mãe. Vou voltar pra casa".

Na última noite de viagem, ele parou na velha casa. O senhor invejoso estava lá.

– Posso passar a noite aqui? – o rapaz perguntou.

– Sim, você pode ficar aqui, mas quero dinheiro pela comida e pela cama.

– Dinheiro! – exclamou Pedro. – Posso pagar um monte de dinheiro!

Pedro comeu a deliciosa comida da mesa de João, e o velho pediu um pouco de dinheiro. Pedro colocou a mão no bolso, mas não encontrou nada.

– Espere – ele pediu. – Vou conseguir algum.

Pegou uma caixa e saiu na direção do estábulo. O velho o seguiu até a porta e ficou escondido, sem que Pedro o visse. "Onde estará o dinheiro?", o velho se perguntava. "Vou vigiá-lo. Quando ele estiver dormindo, vou tomar seu dinheiro." Pedro pôs a caixa sob a boca do burro e disse a palavra mágica. O ouro caiu na caixa. O queixo do velho caiu também.

"Eu quero aquele burro", ele pensou. Mais tarde, naquela noite, quando Pedro estava dormindo, o velho saiu. Encontrou outro burro e o colocou no lugar do animal mágico.

Na manhã seguinte, Pedro, puxando o burro errado, foi para a casa da mãe, que ficou muito feliz quando viu o filho.

– O que você fez quando esteve fora? – ela perguntou.

– Trabalhei para um homem – respondeu Pedro. – E ele me deu este burro.

– É um burro pequeno – observou a mãe. – É forte?

– Não – respondeu Pedro –, mas é um burro mágico. Quando digo uma palavra mágica, cai ouro de sua boca. Chame seus amigos, vamos mostrar a eles.

Todos os moradores da aldeia vieram.

– Agora, prestem atenção! – disse Pedro. – Briquelebate!

Todos olharam para o burro. O burro olhou para eles... mas nada aconteceu. Nenhum ouro caiu de sua boca. Todo mundo riu, e Pedro ficou muito irritado. Agora sabia: o velho estava com seu burro mágico.

Despediu-se da mãe e voltou para seu antigo emprego. Lá chegando, escreveu uma carta para o irmão Heitor, contando a história do burro de ouro e do velho invejoso.

Heitor trabalhava com um lenhador. Trabalhou duro durante um ano. Quando o ano terminou, o lenhador deu a ele um saco dentro do qual havia um porrete.

– Obrigado pelo saco. Vai ser muito útil na viagem – disse Heitor –, mas não quero o porrete. Vou guardar algo mais bonito do que um porrete neste saco.

– É um porrete mágico – explicou o lenhador. – Quando alguém for rude com você, o porrete vai ajudá-lo. Você diz: "Porrete, pule do saco!", e o porrete vai saltar e vai bater na pessoa. Quando você disser: "Porrete, volte pro saco!", ele vai parar de bater.

Heitor pegou o saco com o porrete e começou sua jornada para a casa da mãe.

Na última noite da viagem, parou na velha casa. O senhor invejoso estava lá. Ele deu a Heitor um pouco de comida, e os dois ficaram conversando. Heitor contou a ele sobre sua jornada e falou sobre outras coisas:

– Sabia que existe uma mesa mágica? Você diz "mesinha, ponha-se!" e, em seguida, uma comida deliciosa aparece sobre ela. E há também um burro mágico. Você diz "briquelebate!" e cai ouro de sua boca. Mas eu tenho, neste saco, algo melhor do que a mesa mágica ou o burro de ouro. Não há nada melhor no mundo!

"O que será?", pensou o velho invejoso. "Eu quero essa coisa." Quando foi para a cama, Heitor pôs o saco no chão e fechou os olhos. Depois de algum tempo, o velho entrou em seu quarto e olhou para o rapaz, que parecia dormir. Sem fazer barulho, enfiou a mão no saco. De repente, Heitor saltou da cama.

– Porrete, pule do saco! – ele gritou.

O porrete acertou o velho invejoso nos braços, nas pernas e nas costas, e deu-lhe uma surra que ele nunca mais esqueceria. Bem que o homem tentou fugir, mas não conseguiu.

– Devolva a mesa mágica e o burro de ouro! Só assim vou pôr o porrete de volta no saco – disse Heitor.

– Está bem! Está bem! – gritou o velho. – Pode ficar com eles. Pare o porrete! Pare o porrete!

No dia seguinte, Heitor pegou a mesa, o burro e o porrete e foi para a casa da mãe, que ficou muito feliz quando viu o filho.

– O que você fez enquanto esteve fora? – ela perguntou.

– Trabalhei com um lenhador – respondeu Heitor. – Ele me deu este porrete.

– Um porrete! – gritou a mãe, com raiva. – Por que ele lhe deu um porrete? Você pode conseguir um porrete em qualquer árvore do mundo!

– Verdade – disse Heitor –, mas este é um porrete mágico. Quando alguém é mau comigo, digo "porrete, pule do saco!", ele salta do saco e bate na pessoa. Só para quando digo "porrete, volte pro saco!". Meus irmãos tinham uma mesa mágica e um burro de ouro, mas um velho invejoso os roubou. Com este porrete, eu os consegui de volta.

A mãe de Heitor ficou muito feliz. Escreveu para João e Pedro e contou o que havia acontecido, e eles logo voltaram para casa.

A mãe convidou todos da aldeia para uma visita. Sentados em volta da mesa mágica, a família e seus amigos se fartaram com uma comida deliciosa, e cada um levou para casa um saco de ouro da boca do burro mágico.

A partir desse dia, a senhora e seus três filhos viveram felizes para sempre.

Tudo aconteceu assim, sim. Pergunte ao Serafim... ■

Ilustração de Walter Crane

Ilustração de Leutemann/Offterdinger

O Pequeno Polegar

Título original:
Le Petit Poucet
(1697)

Charles Perrault

No tempo do onça, quando os dias e as noites esticavam e encolhiam, viviam um lenhador e sua esposa que tiveram sete crianças, todos meninos. O mais velho tinha apenas 10 anos, e o mais jovem, 7. As pessoas ficavam impressionadas com o fato de o lenhador ter tido tantos filhos em tão pouco tempo, mas sua esposa gostava muito de crianças, e nunca tinha menos de duas de cada vez.

Eles eram muito pobres, e os sete filhos tornavam sua vida bem mais difícil, pois ainda não eram capazes de ajudar no sustento da casa. A maior preocupação dos pais era o mais jovem, que era muito doente. Ele quase nunca falava

– o que era considerado um sinal de estupidez, embora fosse, na verdade, um sinal de bom senso. O menino era muito pequeno e, por ter nascido do tamanho de um polegar, foi chamado de Pequeno Polegar.

A pobre criança levava a culpa por tudo o que desse errado na casa. Culpado ou não, era sempre acusado. No entanto, era mais esperto e muito mais sábio do que todos os seus irmãos juntos. E, embora falasse pouco, ouvia muito bem.

Quando veio um ano muito difícil, a miséria ficou tão grande, que os pobres pais decidiram se livrar dos filhos. Uma noite, quando as crianças todas estavam na cama, o lenhador, sentado com a esposa junto à lareira, disse, com o coração quase explodindo de dor:

– Está claro que não temos condições de cuidar de nossos filhos, e não posso vê-los morrer de fome diante de meus olhos. A solução é abandoná-los na floresta amanhã, o que não é difícil de ser feito, pois, enquanto eles estão ocupados amarrando os feixes de lenha, podemos deixá-los lá sem que percebam.

– Oh! – gritou a esposa. – E você teria coragem de levar nossos filhos com a intenção de abandoná-los?

Em vão o marido a lembrou de sua extrema pobreza. Ela não concordava com aquilo. Sim, ela era pobre, mas era mãe. No entanto, depois de analisar como seria doloroso ver os filhos morrerem de fome, ela finalmente consentiu e foi para a cama, chorando muito.

Pequeno Polegar tinha ouvido tudo. Deitado em sua cama, ao perceber que os pais estavam conversando, preocupados, levantou-se em silêncio e se escondeu debaixo do banco de seu pai, a fim de ouvir, sem ser visto, o que estavam dizendo. Voltou para a cama, mas não conseguiu pregar o olho o resto da noite, pensando no que tinha de fazer. Levantou-se no início da manhã, foi até a beira do rio, onde encheu os bolsos com pedrinhas brancas, e voltou para casa.

Todos saíram, e Pequeno Polegar não contou aos irmãos uma palavra do que tinha ouvido. Entraram em uma floresta muito espessa, onde não conseguiam ver uns aos outros a dez passos de distância. O lenhador começou seu trabalho, enquanto os filhos recolhiam as toras de madeira, formando feixes. O pai e a mãe, vendo-os ocupados em sua tarefa, afastaram-se sem ser vistos e voltaram para casa por um atalho através dos arbustos.

Quando as crianças perceberam que tinham sido deixadas sozinhas, começaram a chorar alto. Pequeno Polegar deixou-as chorar, sabendo muito bem como voltar para casa, pois tinha jogado as pedrinhas brancas ao longo do caminho. Então, disse:

– Não tenham medo, irmãos. Papai e mamãe nos deixaram aqui, mas vou guiá-los de volta pra casa. Apenas me sigam.

Foi o que fizeram, e ele os levou para casa pelo caminho por onde tinham entrado na floresta. Os meninos não se atreveram a entrar, mas sentaram-se à porta, escutando o que o pai e a mãe diziam lá dentro.

O lenhador e a esposa tinham acabado de chegar em casa, quando o senhor das terras onde viviam mandou entregar dez moedas que lhes devia há muito tempo, e com as quais eles não contavam. Isso lhes trouxe ânimo novo, pois os coitados estavam quase morrendo de fome. O lenhador mandou a esposa imediatamente para o açougue. Como já fazia muito tempo que não comiam, ela comprou três vezes mais carne do que seria necessário para duas pessoas.

Depois de comerem, a mulher disse:

– Ai de mim... Onde estão nossas pobres crianças agora? Eles iriam fazer um banquete com o que nos resta aqui. Mas foi você, William, que decidiu abandoná-los. Eu disse que iríamos nos arrepender. O que estarão fazendo agora na floresta? Oh, meu Deus, talvez os lobos já os tenham comido. Você foi muito cruel em abandonar nossos filhos dessa maneira.

O lenhador finalmente perdeu a paciência, depois de ela repetir mais de vinte vezes que eles se arrependeriam e que ela estava certa em dizer isso. Ele gritou para que ela se calasse. Não que estivesse menos arrependido do que a esposa, mas ela não parava de resmungar, e isso o deixava mais nervoso. A mulher quase morreu de chorar, gritando:

– Ai de mim... Onde estão meus filhos agora, meus pobres filhos?

Falou tão alto que as crianças, lá fora, começaram a gritar todas ao mesmo tempo:

– Estamos aqui! Estamos aqui!

A mãe imediatamente correu para abrir a porta e exclamou, abraçando-os:

– Estou tão feliz em vê-los, meus queridos filhos! Devem estar famintos e cansados. Meu pobre Peter, você está terrivelmente sujo. Entrem e me deixem limpar vocês.

Os sete meninos se sentaram para jantar e comeram com vontade, o que muito agradou a ambos pai e mãe. Os filhos contaram do medo que tinham sentido na floresta, falando quase sempre todos ao mesmo tempo.

Os pais ficaram extremamente felizes em ver as crianças em casa de novo, e essa alegria continuou... enquanto as dez moedas duraram. Mas, quando o dinheiro acabou, eles caíram na antiga intranquilidade e decidiram abandoná-los novamente. Desta vez, decidiram levá-los mais para dentro da floresta.

Embora tenham tentado manter segredo sobre isso, mais uma vez foram ouvidos pelo Pequeno Polegar, que fez planos para escapar desse apuro, assim como tinha feito antes. No entanto, apesar de ele ter se levantado muito cedo para ir pegar algumas pedrinhas, não conseguiu fazê-lo, pois encontrou a porta trancada de forma segura. Seu pai deu a cada um deles um pedaço de pão para o café da manhã, e o pequenino teve a ideia de usá-lo, no lugar das pedrinhas, lançando-o em pequenos pedaços ao longo do caminho, então colocou-o no bolso.

Os pais os levaram para a parte mais espessa e escura da floresta e, fugindo por um caminho desconhecido, os deixaram lá. Pequeno Polegar não estava preocupado, porque pensou que poderia facilmente encontrar o caminho de volta com a ajuda de seu pedaço de pão, cujas migalhas tinha espalhado ao longo do caminho. Mas ficou muito surpreso quando não conseguiu encontrar um miolo sequer, já que as aves tinham vindo e comido cada pedacinho.

Agora, os sete irmãos estavam em desespero, pois, quanto mais longe iam, mais perdidos e confusos ficavam.

A noite caía, e um terrível vento forte surgiu, deixando-os aterrorizados. De todos os lados, imaginavam ouvir uivos dos lobos vindo comê-los. Mal se atreviam a falar ou olhar para o lado.

Além disso, choveu muito – o que os deixou ensopados; seus pés escorregavam a cada passo, e eles caíam, ficando cobertos de lama. Suas mãos estavam dormentes de frio.

Pequeno Polegar subiu no topo de uma árvore para ver se conseguia descobrir alguma coisa. Virando a cabeça em todas as direções, finalmente viu uma luz brilhante, como a de uma vela, mas bem longe da floresta. Ele desceu, mas, do chão, não conseguia mais enxergá-la, o que o preocupou bastante. No entanto, depois de caminhar por algum tempo com seus irmãos na direção em que tinha visto a luz, voltou a avistá-la, quando saíram do bosque.

Chegaram à casa onde a vela estava acesa, depois de muitos momentos de medo, pois, cada vez que desciam um vale, perdiam a luz de vista. Bateram à porta, e uma mulher gentil a abriu e perguntou o que queriam.

Pequeno Polegar disse que eram crianças pobres, perdidas na floresta, e implorou que ela lhes desse abrigo.

A mulher, vendo que eram crianças bem aparentadas, começou a chorar e disse:

– Oh, coitadinhos, de onde vocês são? Sabem que esta casa pertence a um ogro cruel, que come criancinhas?

– Ah, cara senhora – respondeu Pequeno Polegar (que, assim como seus irmãos, estava tremendo) –, o que devemos fazer? Se você se recusar a nos deixar dormir aqui, os lobos da floresta certamente irão nos devorar esta noite. Preferimos enfrentar o cavalheiro, talvez ele tenha piedade, especialmente se você implorar por nós.

A esposa do ogro, que acreditava poder escondê-los de seu marido até a manhã seguinte, deixou-os entrar e os levou até uma bela lareira, para se aquecerem. Havia uma ovelha inteira em um espeto sendo assada para a ceia do ogro.

Depois de se aquecerem um pouco, ouviram três ou quatro fortes batidas à porta. Era o ogro chegando em casa. Ao ouvi-lo, a senhora escondeu os meninos debaixo da cama e abriu a porta. O ogro imediatamente perguntou se o jantar estava pronto e o vinho, servido, e sentou-se à mesa. A ovelha ainda estava crua e sangrenta, mas ele preferia assim. Ele cheirou à direita e à esquerda, dizendo:

– Sinto cheiro de carne fresca.

A esposa respondeu:

– O cheiro que está sentindo é do bezerro que acabei de matar.

– Vou repetir: sinto cheiro de carne fresca! – retrucou o ogro, olhando com raiva para a esposa. – E tem alguma coisa errada aqui.

Ao dizer essas palavras, levantou-se da mesa e foi direto para a cama.

– Arrá! – exclamou. – Vejo que está querendo me enganar, mulher amaldiçoada! Não sei por que não devoro você também. Sorte sua que você não passa de uma carniça velha. Mas isso aqui é um banquete, que, por sorte, chegou bem a tempo de ser servido a três amigos ogros, que estão vindo me visitar em um ou dois dias.

E puxou os meninos de debaixo da cama, um a um. Eles caíram de joelhos e imploraram seu perdão – mas estavam lidando com um dos ogros mais cruéis do mundo. Longe de ter alguma piedade deles, o monstro já os tinha devorado com os olhos. Disse à esposa que seriam uma delícia com um bom molho temperado. Então, pegou uma faca enorme, e, aproximando-se dos pobres coitados, a amolou em uma grande pedra que segurava na mão esquerda.

O ogro já tinha agarrado um deles, quando a esposa sugeriu:

– Para que fazer isso agora? Amanhã não seria melhor?

– Feche sua matraca! – gritou o ogro. – Eles vão ficar mais macios se os matar agora.

– Mas você já tem tanta carne – respondeu a mulher. – Não precisa de mais. Aqui estão um bezerro, duas ovelhas e metade de um porco.

– É verdade – concordou o ogro. – Dê comida a eles, para que não fiquem magros demais, e os coloque na cama.

A gentil senhora ficou muito feliz e ofereceu aos meninos um delicioso jantar, mas eles estavam com tanto medo, que nem conseguiam comer. Quanto ao ogro, sentou-se para beber, muito satisfeito, pois, agora, tinha algo especial para oferecer aos amigos. Bebeu uma dúzia de copos a mais do que o normal, e a bebida foi direto para a cabeça e o deixou sonolento.

O ogro tinha sete filhas pequenas. As jovens ogras tinham a pele linda – pois comiam carne fresca como o pai –, mas seus olhos eram pequenos e cinzentos, bem redondos, o nariz, adunco, e os dentes, longos, afiados e muito espaçados uns dos outros. Ainda não eram tão maldosas, mas mostravam um grande potencial para isso: já tinham mordido criancinhas para sugar seu sangue.

Elas tinham ido se deitar cedo, as sete em uma cama grande, e cada uma delas usava uma coroa de ouro na cabeça. A esposa do ogro ofereceu aos sete meninos uma cama tão grande quanto a delas, no mesmo quarto, e, em seguida, foi dormir com o marido.

Pequeno Polegar tinha observado que as filhas do ogro estavam usando coroas de ouro, e, com medo de que o ogro mudasse de opinião sobre não matá-los, teve uma ideia. Levantou-se à meia-noite e, pegando seu boné e os dos irmãos, foi bem devagar e os colocou na cabeça das sete ogras. Antes disso, pegou as coroas de ouro e as colocou em sua cabeça e nas dos irmãos, para que o ogro se confundisse e achasse que eles eram suas filhas, e elas, os meninos que queria matar.

Tudo ocorreu conforme planejado, pois o ogro acordou pouco depois de meia-noite e, lamentando que tivesse adiado até de manhã o que poderia ter feito naquela noite, rapidamente saiu da cama e pegou seu facão.

– Vamos ver como estão nossos pequenos malandros! Não vamos cometer o mesmo erro uma segunda vez! – disse ele.

No escuro, escorando-se aqui e ali, foi para o quarto das filhas. Chegou até a cama onde os meninos estavam deitados. Todos dormiam, exceto Pequeno Polegar, que quase morreu de medo quando sentiu o ogro passando a mão em sua cabeça, como tinha feito com seus irmãos. Sentindo as coroas de ouro, o ogro exclamou:

– Teria sido um erro terrível! Realmente, bebi demais...

Em seguida, dirigiu-se à cama onde estavam as meninas. Ao encontrar os bonés em suas cabeças, concluiu:

– Arrá, meus queridos rapazes, aqui estão vocês. Vamos começar a trabalhar.

Assim, sem mais demora, cortou as gargantas de suas sete filhas. Bem satisfeito com o que tinha feito, voltou para a cama, junto à esposa.

Assim que Pequeno Polegar ouviu o ronco do ogro, despertou seus irmãos e lhes disse para se vestirem imediatamente e segui-lo. Escaparam em silêncio pelo jardim e pularam o muro. Continuaram correndo quase toda a noite, tremendo o tempo todo, sem saber para onde estavam indo.

Quando acordou, o ogro disse à esposa:

– Vá lá em cima e arrume aqueles pestinhas que chegaram ontem à noite.

A senhora ogra ficou muito surpresa com a bondade de seu marido, sem imaginar como ele queria que os arrumasse. Pensando que a ordem tinha sido para vesti-los, subiu e ficou em estado de choque quando viu as sete filhas com as gargantas cortadas.

A mulher desmaiou. O ogro, temendo que sua esposa fosse demorar demais para fazer o que tinha ordenado, subiu para ajudá-la. Não ficou menos espantado do que ela ao ver a terrível cena.

– O QUE FOI QUE EU FIZ?! – gritou. – Aqueles pestes vão pagar por isso, e é já! – Jogou uma jarra de água no rosto da esposa e, depois que ela recuperou a consciência, ele voltou a gritar: – Traga AGORA minhas botas de sete léguas, pra que eu possa alcançá-los.

Saiu e correu de um lado para outro, percorrendo uma vasta área de terra. Por fim, chegou à estrada onde os pobres meninos estavam, a não mais de cem passos da casa de seu pai. Eles viram o ogro se aproximando, pisando de montanha em montanha e atravessando rios como se fossem pequenos riachos. Pequeno Polegar escondeu-se com os irmãos no buraco de uma rocha nas proximidades, sem perder o ogro de vista.

O ogro estava muito cansado de sua longa e infrutífera viagem (botas de sete léguas são muito cansativas) e decidiu descansar um pouco. Por acaso, sentou-se na rocha onde os meninos tinham se escondido. Estava tão cansado, que caiu no sono e começou a roncar muito alto; as crianças ficaram assustadas como quando ele ergueu a enorme faca para cortar suas gargantas. No entanto, Pequeno Polegar tinha menos medo que os irmãos, e lhes disse para fugirem imediatamente na direção da casa, enquanto o ogro estava dormindo, e que não precisavam se preocupar que ele iria em seguida. Os outros seguiram seu conselho e logo chegaram em casa. Pequeno Polegar foi até o ogro, tirou suas botas com cuidado e as calçou. As botas eram largas e grandes, mas, como eram encantadas, tornavam-se maiores ou menores de acordo com o tamanho dos pés de quem as usasse. Por isso, encaixaram-se perfeitamente nos pequenos pés, como se tivessem sido feitas sob medida para ele. Polegar logo partiu para a casa do ogro, onde viu a esposa chorando, amargurada, por causa das filhas mortas.

– Seu marido corre grande perigo – disse Pequeno Polegar. Foi capturado por um bando de ladrões, que juraram matá-lo se ele não lhes der todo o seu ouro e sua prata. No exato momento em que estavam apontando os punhais para ele, o ogro me viu e pediu pra eu vir e lhe contar sobre a situação em que se encontra. Você deve me entregar tudo o que tem de valor, sem faltar nada, senão vão matá-lo sem piedade. Como o caso era tão urgente, ele me emprestou suas botas (está vendo que estou com elas?), para que eu pudesse andar mais rápido e provar-lhe que ele mesmo me enviou.

A gentil senhora, muito triste e assustada, deu-lhe tudo o que tinha, pois, embora o ogro comesse criancinhas, era um bom marido, e queria salvá-lo. Assim, Pequeno Polegar pegou todo o dinheiro do ogro e voltou para a casa do pai, onde foi recebido com grande alegria.

Há muitas pessoas que não concordam com essa última parte da história. Afirmam que o Pequeno Polegar nunca roubou o ogro, que só pegou as botas de sete léguas – e isso, com a consciência limpa, já que o ogro as usava para perseguir criancinhas. Essas pessoas dizem ter certeza disso, porque sempre bebem e comem na casa do lenhador.

Contam também que, depois de pegar as botas do ogro, Pequeno Polegar foi à corte, onde ouviu que havia uma grande preocupação com o resultado de determinada batalha e com as condições do exército, que estava a duzentas léguas de distância. Dizem que ele foi até o rei e lhe disse que, se ele desejasse, poderia trazer-lhe notícias do exército antes do anoitecer. O rei prometeu-lhe uma grande soma de dinheiro se conseguisse cumprir a promessa. Pequeno Polegar manteve sua palavra e voltou naquela mesma noite com notícias. Essa primeira façanha lhe trouxe grande fama, e, depois disso, ele mesmo colocava seu preço no que fazia. Não só o rei lhe pagou muito bem para levar suas ordens ao exército, como as damas da corte o recompensaram generosamente por trazer-lhes informações sobre seus amados. Às vezes, esposas lhe davam cartas para seus maridos, mas pagavam tão pouco que ele nem sequer se preocupava em manter o controle do dinheiro que ganhava com isso.

Depois de servir como mensageiro por algum tempo e juntar uma grande riqueza, voltou para a casa dos pais, onde foi recebido com alegria indescritível. Deixou toda a família em ótimas condições e comprou títulos de nobreza para seus pais e irmãos. Depois foi cuidar de sua vida, e parece que cuidou muito bem...

A história toda é essa, quem contou tudo conhece... ■

Ilustração de Gustave Doré

O Barba Azul

Título original:
La Barbe Bleue
(1697)

Charles Perrault

Num tempo que não volta mais, porque tempo não volta, viveu um homem que possuía belas casas na cidade e no campo, pilhas de ouro e prata, mobília trabalhada e carruagens adornadas com ouro. Mas ele tinha um grande problema: uma barba completamente azul, que o deixava tão feio e assustador que todas as moças fugiam dele.

Uma de suas vizinhas, uma nobre dama, tinha duas filhas extremamente bonitas. Ele pediu a mão de uma das filhas, deixando a mãe escolher qual delas seria entregue a ele. Mas nenhuma das duas o queria: uma empurrava o casamento para a outra, não suportando a ideia de casar-se com um homem que tinha barba azul. O fato de ele já ter sido casado várias vezes e ninguém saber o que tinha acontecido com suas mulheres só aumentava a aversão que sentiam por ele.

Barba Azul, para ganhar a afeição das moças, levou-as, junto com a mãe, três ou quatro damas de companhia e outros jovens da vizinhança, para uma de suas moradas de campo, onde ficaram por uma semana.

O tempo em que estiveram lá era ocupado com festas, caçadas, pescarias, dança, alegria e banquetes. Ninguém dormia: todos passavam a noite conversando e pregando peças uns nos outros. Correu tudo tão bem que a filha mais nova começou a pensar que a barba do homem não era tão azul assim, e que ele era um cavalheiro muito gentil. Então, assim que voltaram para casa, o casamento foi realizado.

Cerca de um mês depois, Barba Azul disse à esposa que tinha de fazer uma importante viagem de negócios pelo país, a qual duraria pelo menos seis semanas. E desejava que ela se divertisse em sua ausência: que mandasse buscar amigos e conhecidos, levasse-os ao campo, se quisesse, e vivesse bem onde estivesse.

– Aqui estão as chaves para os dois galpões grandes, onde guardo os melhores móveis – ele disse. – Estas são as do quarto onde ficam as louças e os talheres de ouro e prata, que não usamos no dia a dia. Estas abrem os cofres onde guardo meu dinheiro, minhas barras de ouro e de prata. Estas são da minha arca de joias. E esta é a chave mestra para todos os cômodos. Mas esta pequena aqui é a chave do *closet* que fica no final do corredor, no térreo. Pode abrir todos os cômodos, pode ir aonde quiser, exceto no *closet*.

Eu a proíbo de entrar lá e garanto que, se o abrir, vai sofrer as consequências da minha ira.

Ela prometeu obedecer a todas essas ordens e, depois de beijá-la, ele entrou na carruagem e partiu.

Suas vizinhas e amigas nem esperaram o convite para ir à casa da jovem esposa, de tão impacientes para ver toda a riqueza da propriedade. Não ousaram ir enquanto o marido estava presente, por causa de sua barba azul, que muito as assustava. Animadas, percorreram todos os quartos, *closets* e guarda-roupas, cada um mais rico e lindo do que o anterior. Depois disso, subiram para os dois galpões onde ficavam as maiores riquezas. Não poderiam nem imaginar a quantidade e a beleza da tapeçaria, as camas, sofás, mesas e espelhos nos quais uma pessoa podia se ver dos pés à cabeça. Alguns tinham molduras de vidro; outros, de prata; outros, de ouro: os mais magníficos que já tinham visto.

As jovens paravam de elogiar e invejar a felicidade da amiga, que não se divertia muito em olhar todas aquelas riquezas, pois estava impaciente para ver o que havia no pequeno *closet* do térreo. Estava tão curiosa que, sem considerar que era uma indelicadeza deixar as visitas sozinhas, desceu uma escadinha com muita pressa e quase caiu e quebrou o pescoço. Chegando à porta do *closet*, se deteve por algum tempo, lembrando-se das ordens do marido e imaginando que desgraça poderia lhe acontecer por não ter sido obediente. Mas a tentação era tão forte, que não resistiu. Pegou a pequena chave e, trêmula, abriu a porta. A princípio, não conseguiu ver nada lá dentro, pois as janelas estavam fechadas. Depois de alguns instantes, percebeu várias mulheres mortas espalhadas pelo chão. Logo se deu conta do significado daquilo: eram as mulheres com as quais Barba Azul tinha se casado e as quais tinha assassinado, uma depois da outra, porque não seguiram suas ordens sobre o *closet* no térreo. A moça pensou que ia morrer de medo, e a chave, que tinha tirado da fechadura, caiu de sua mão.

Depois de se recuperar um pouco do choque, ela pegou a chave, trancou a porta e subiu para seu quarto para se refazer, mas não conseguiu, pois ainda estava muito assustada.

Notando que a chave estava manchada de sangue, tentou limpá-la, mas o sangue não saía. Em vão, ela lavou a chave e até esfregou-a com sabão e areia. O sangue continuava lá, pois a chave era encantada, e a moça percebeu que nunca conseguiria limpá-la. Quando conseguia tirar o sangue de um lado, ele aparecia no outro.

Barba Azul voltou de sua viagem naquela mesma tarde, dizendo que, no caminho, recebera notícias de que o negócio que o levara a partir acabara se realizando, com vantagens para ele. A mulher fez o que pôde para se mostrar feliz com esse retorno antecipado.

Na manhã seguinte, ele perguntou pelas chaves. Ela as devolveu, mas suas mãos tremiam tanto, que o marido facilmente percebeu o que tinha acontecido.

– Por que a chave do *closet* não está junto com as outras? – perguntou ele.

– Eu devo, com certeza, tê-la deixado lá em cima, sobre a mesa. – disse ela.

– Então – continuou Barba Azul – traga ela para mim agora.

Depois de ter adiado várias vezes, a mulher foi forçada a trazer a chave. Após examiná-la, Barba Azul perguntou:

– Por que há uma mancha na chave?

– Não sei – murmurou a pobre mulher, mais branca do que a neve.

– Você sabe! – retrucou Barba Azul. – Sei muito bem. Você entrou no *closet*, não entrou? Muito bem, Madame: você vai entrar lá e tomar seu devido lugar, junto às outras senhoras que viu.

A esposa se jogou aos pés do marido e implorou seu perdão, com todos os sinais de verdadeiro arrependimento por sua desobediência. Ela teria derretido uma rocha, de tão linda e triste que estava, mas o coração de Barba Azul era mais duro que qualquer pedra.

– Você tem de morrer, Madame! – ele exclamou. – E agora!

– Já que tenho de morrer – respondeu ela, olhando-o com os olhos cheios de lágrimas –, me dê um pouco de tempo para fazer minhas orações.

– Concederei sete minutos – respondeu Barba Azul. – Nem um segundo a mais. – E saiu.

A moça correu e chamou sua irmã, que estava entre as visitas, dizendo:

– Anne, minha irmã, suba ao topo da torre, eu lhe imploro, e veja se nossos irmãos estão chegando. Eles prometeram que viriam hoje. Se você os vir, faça um sinal para que se apressem.

A irmã subiu até o topo da torre e, lá de baixo, a mulher perguntava, de tempos em tempos:

– Anne, minha irmã, vê alguém vindo?

E Anne respondia:

– Não vejo nada além de uma nuvem de poeira, o Sol e a grama verde.

Nisso, Barba Azul, segurando um facão, gritou para a mulher o mais alto que pôde:

– Desça imediatamente!

– Mais um momento, por favor – respondeu a mulher. Depois disse, se dirigindo a sua irmã: – Anne, vê alguém vindo?

– Vejo uma grande nuvem de poeira se aproximando – respondeu a irmã.

– Desça agora! – gritou Barba Azul – Ou vou subir para buscá-la.

– Estou indo – respondeu a esposa, e perguntou novamente: – Anne, querida irmã, agora vê alguém vindo?

– Estou vendo uma nuvem de poeira vindo deste lado – respondeu Anne.

– São nossos irmãos?

– Infelizmente, não, minha irmã, é um bando de ovelhas.

– Não vai descer? – gritou Barba Azul.

– Só mais um instante – respondeu a esposa e gritou: – Anne, minha querida, vê alguém vindo?

– Sim – ela respondeu. – Estou vendo dois cavaleiros, mas ainda estão muito longe.

– Graças a Deus! – respondeu a moça, alegre.

– São nossos irmãos. Vou fazer um sinal, o melhor que eu puder, para que se apressem.

Então Barba Azul gritou tão alto, que fez a casa inteira tremer. A mulher, angustiada, desceu e se jogou aos pés de seu marido, aos prantos, com os cabelos despenteados.

– Isso não vai adiantar nada para você – disse Barba Azul. – Você deve morrer!

Então, segurando a mulher pelos cabelos com uma mão e erguendo a espada com a outra, ele se preparou-se para matá-la. A pobre mulher, voltando-se para ele e olhando-o com olhos moribundos, pediu que ele lhe desse um tempinho para se recompor.

– Não, não – ele respondeu. – Recomponha-se com Deus. – E já ia erguendo o braço de novo, quando...

Nesse exato momento, ouviu-se uma batida tão forte no portão, que Barba Azul parou de repente. O portão estava aberto, e os dois cavaleiros entraram, empunhando suas espadas, e correram na direção de Barba Azul. Ele percebeu que eram os irmãos da sua esposa: um era soldado, o outro, mosqueteiro. Então, o homem fugiu, rápido, mas os dois irmãos o perseguiram e o pegaram antes que ele chegasse aos degraus da entrada. Lá, lutaram com ele e o deixaram morto.

A pobre esposa estava quase tão morta quanto seu marido e não teve forças para se erguer e cumprimentar seus irmãos, mas ficou muito agradecida a ambos.

Como Barba Azul não tinha herdeiros, sua mulher se tornou dona de todos os seus bens. Usou parte desses bens para casar sua irmã, Anne, com um jovem cavalheiro, apaixonado por ela há bastante tempo. Outra parte ela usou para comprar títulos de nobreza para seus irmãos, e o resto ela usou para casar-se com um cavalheiro muito amoroso e dedicado, que a fez se esquecer de todo o sofrimento pelo qual passou com Barba Azul.

Assim foi, e todos sabem. E se não foi, fica sendo... ■

Ilustração de W. Heath Robinson

Ilustração de Theo van Hoytema

O patinho feio

Título original:
Den grimme ælling
(1843)

Hans Christian Andersen

No tempo em que era uma vez, o clima de verão estava ótimo, o milho dourado, a aveia verdinha e os montes de feno empilhados no campo estavam lindos. A cegonha, andando em seus longos pés vermelhos, conversava na língua egípcia, que tinha aprendido com sua mãe. Os campos de milho e os prados eram cercados por grandes florestas, no meio das quais havia poços profundos. Era realmente prazeroso caminhar por ali.

Em um local ensolarado, havia uma agradável casa de fazenda, próxima a um rio profundo, e da casa até a beira da água cresciam grandes folhas de bardana, tão altas que uma criança em pé caberia sob a mais alta delas.

O lugar era selvagem, tão selvagem quanto o centro de uma floresta espessa. Nesse retiro confortável, uma pata estava sentada em seu ninho, chocando sua mais jovem ninhada. Começava a ficar cansada dessa tarefa, pois os pequenos estavam demorando a sair de suas cascas, e ela raramente tinha um visitante: os outros patos preferiam nadar no rio a subir as margens escorregadias e se sentar sob uma folha de bardana para bater um papo com ela. Por fim, uma casca se rachou, e depois outra, e outra, e de cada ovo veio uma criaturinha que levantava a cabeça e gritava:

– Piip, piip!

– Quac, quac! – respondia a mãe, e, em seguida, todos grasnavam tão bem quanto podiam e olhavam em volta, para todos os lados, para as grandes folhas verdes.

A mãe deles lhes permitia olhar o quanto quisessem, porque o verde é bom para os olhos.

– Que enorme é o mundo! – exclamaram os jovens patinhos quando descobriram que agora tinham muito mais espaço do que dentro da casca de ovo.

– Vocês acham que o mundo é só isso? – perguntou a mãe. – Esperem até ver o jardim: estende-se muito além do campo do pastor, mas nunca me aventurei por tal distância. Todos já saíram dos ovos? – ela continuou, começando a subir a margem. – Não, o maior ovo ainda está lá. Queria saber quanto tempo isso vai durar, já estou cansada! – E sentou-se de novo no ninho.

– Olá, como está indo? – perguntou uma velha pata que vinha visitá-la.

– Um ovo ainda não se abriu – disse a mãe-pata. – Parece que não quer se abrir. Mas olhe para todos os outros, não são os patinhos mais bonitos que você já viu? São iguaizinhos ao pai, que é tão insensível: nunca vem vê-los!

– Deixe-me ver o ovo que não quer se abrir – disse a velha pata. – Não tenho dúvida de que é um ovo de peru. Uma vez, fui convencida a chocar alguns e, depois de todo o meu cuidado e das dificuldades com os pequenos, eles tinham medo de água. Grasnei e cacarejei, mas foi tudo em vão. Não conseguia fazê-los entrar na água. Deixe-me ver melhor esse ovo. Sim, isso é um ovo de peru. Escute o que estou dizendo.

– Acho que vou chocá-lo mais um pouco – disse a mãe-pata. – Já fiquei aqui tanto tempo, uns dias a mais não vão ser nada.

– Como quiser – retrucou a velha pata, e foi embora.

Por fim, o ovo grande se quebrou, e um ser rastejou para fora, chorando: "Piip, piip". Era muito grande e feio. A pata olhou para ele e exclamou:

– É muito grande! E não se parece nada com os outros... Será que é realmente um peru? Logo veremos, quando formos para a água. Ele vai entrar, nem que eu tenha de empurrá-lo.

No dia seguinte, o tempo estava delicioso, e o sol brilhava sobre as folhas verdes de bardana. A mãe-pata levou sua jovem ninhada para a água e saltou, respingando para todo lado. "Quac, quac", gritou ela, e, um após o outro, os patinhos saltaram. A água cobriu suas cabeças, mas eles voltaram para cima em um instante e nadaram, tranquilos e lindos, com as patas remando com toda a facilidade. O patinho feio também entrou no lago e nadou com eles.

– Oh! – alegrou-se a mãe. – Não é um peru: como usa bem suas patas, e como se mantém ereto! Ele é meu filho, sim, e nem é tão feio, se você olhar direito. Quac, quac!

Venham comigo agora! Vou levá-los para a alta sociedade e apresentá-los aos outros animais da fazenda. Mas vocês devem ficar perto de mim, ou podem ser pisoteados. E, acima de tudo, cuidado com o gato!

Quando chegaram ao pátio da fazenda, estava havendo uma grande confusão: duas famílias estavam lutando pela cabeça de uma enguia que, afinal, foi levada pelo gato.

– Vejam, crianças, é assim que o mundo funciona – disse a mãe-pata, afiando o bico, pois teria gostado de ficar com a cabeça de enguia. – Venham, agora, usem as pernas e deixem-me ver se sabem se comportar. Devem curvar suas cabeças para aquela velha pata: é a mais bem-nascida de todos aqui e tem sangue espanhol; portanto, tem posses. Vejam que ela tem uma bandeira vermelha amarrada à perna, o que é muito importante e uma grande honra para um pato. Mostra que ninguém quer perdê-la, e ela pode ser reconhecida tanto pelos homens quanto pelos animais. Venham, não virem os dedos do pé: um patinho bem-educado pisa com os pés bem separados, como seu pai e sua mãe, assim. Agora, dobrem o seu pescoço e digam "quac".

Os patinhos fizeram como foi mandado, mas um dos patos da fazenda olhou para eles e reclamou:

– Olha, aí vem outra ninhada, como se já não fôssemos suficientes! E que coisa estranha é aquele ali!... Não o queremos aqui.

Em seguida, outro pato voou e mordeu o patinho feio no pescoço.

– Deixe-o em paz! – disse a mãe. – Não está incomodando ninguém.

– Sim, mas é tão grande e feio – disse o pato maldoso –, que deve ser expulso.

– Os outros são lindos patinhos – disse a velha pata com o pano na perna. – Todos, exceto esse. Espero que sua mãe faça algo sobre isso.

– Isso é impossível, Excelência – respondeu a mãe. – Ele não é bonito, mas tem ótima disposição e nada tão bem ou até melhor do que os outros. Acho que vai crescer e ficar bonito, talvez menor. Ele permaneceu muito tempo no ovo, por isso sua aparência ainda não está completamente formada – Ela acariciava o pescoço e alisava as penas do patinho feio. – É um pato, portanto não tem tanta importância. Acho que vai crescer forte e capaz de cuidar de si mesmo.

– Os outros patinhos são bem graciosos – disse a velha pata. – Fiquem à vontade, e, se encontrarem uma cabeça de enguia, podem trazê-la para mim.

Eles ficaram à vontade, mas o pobre patinho, que tinha sido o último a se arrastar para fora do ovo e era tão feio, foi mordido e empurrado; virou motivo de piada, não só dos patos, mas de todas as aves. "Ele é muito grande", todos diziam. E o peru, que tinha nascido com esporas e se imaginava realmente um imperador, voou como um raio e saltou sobre o patinho com a cabeça vermelha de raiva. O coitadinho não sabia para onde ir, e ficou muito infeliz, porque era tão feio e todos na fazenda riam dele.

E assim foi, dia após dia, cada vez pior. O pobre patinho era afastado por todos, nem mesmo seus irmãos e irmãs eram seus amigos, e diziam:

– Ah, criatura feia, queria que o gato o comesse.

A mãe-pata dizia desejar que ele nunca tivesse nascido. Os patos o bicavam, as galinhas batiam nele, e a menina que alimentava as aves o chutava. Um dia, finalmente, ele fugiu, assustando os passarinhos no telhado quando voou por cima da cerca.

– Eles têm medo de mim porque sou feio – concluiu. Fechou os olhos e voou para bem longe, até que chegou a um grande pântano, habitado por patos selvagens. Ali permaneceu toda a noite, sentindo-se muito cansado e triste.

De manhã, os patos selvagens sobrevoavam e observavam o novo companheiro:

– Que tipo de pato você é? – perguntaram, aproximando-se dele.

Ele fez uma reverência e foi muito educado, mas não respondeu à pergunta.

– Você é muito feio – disseram os patos selvagens –, mas isso não importa, contanto que não se case com alguém da nossa família.

Pobre coitado! Não tinha planos de se casar: tudo o que queria era permissão para deitar-se entre os juncos e beber um pouco de água. Depois de passar dois dias no pântano, chegaram dois gansos selvagens – ou melhor, gansinhos, pois tinham saído do ovo há pouco tempo –, que eram muito espirituosos.

– Escute, amigo – disse um deles ao patinho –, você é tão feio, que gostamos de você. Não quer vir com a gente e se tornar uma ave migratória? Não muito longe daqui há outro pântano, com algumas gansas selvagens, todas solteiras. É uma oportunidade para conseguir uma esposa. Talvez seja sortudo, feio como é.

"Pou, pou", soou no ar, e os dois gansos selvagens caíram mortos entre os juncos, e a água ficou cheia de sangue. "Pou, pou", ecoou para todos os lados, e bandos inteiros de gansos selvagens voaram. O som continuou em todas as direções, pois os caçadores rodearam o pântano, e alguns até se sentaram em galhos de árvores, com vista para os juncos. A fumaça azul das armas subiu, como nuvens sobre as árvores escuras, e, enquanto ela flutuava, atravessando a água, vários cães de caça surgiram entre as plantas, que se dobravam sob eles onde fossem.

Como eles aterrorizaram o pobre patinho! Ele virou a cabeça para escondê-la debaixo da asa, e nesse instante um grande e terrível cão passou muito perto dele. Suas mandíbulas estavam abertas, a língua pendurada na boca, e seus olhos brilhavam. Ele enfiou o nariz no chão, perto do patinho, mostrando seus dentes afiados, e, em seguida, "splesh, splesh", entrou na água sem tocá-lo.

– Oh... – suspirou o patinho. – Como estou agradecido por ser tão feio: nem mesmo um cachorro quer me morder.

Ficou deitado, imóvel, enquanto tiros atingiam os juncos e todas as armas foram disparadas acima ele.

Já era final do dia quando tudo ficou quieto. Mesmo assim, o pobre jovem não se atreveu a se mover. Esperou em silêncio por várias horas e, depois de olhar com cuidado ao redor, fugiu do pântano o mais rápido que pôde. Atravessou o campo e o prado, até que uma tempestade caiu, e ele mal conseguiu lutar contra ela. Mais à noite, chegou a uma casinha pobre, que parecia prestes a ruir, e só permanecia de pé porque não conseguia decidir para que lado desabar.

A tempestade continuou tão violenta que o patinho não conseguiu ir mais longe. Sentou-se junto à casa e notou que a porta não estava completamente fechada, pois uma das dobradiças tinha cedido. Perto da parte inferior, uma abertura estreita era suficiente para ele deslizar por ela – o que fez, com muito jeito, e encontrou um abrigo para a noite.

Uma mulher, um gato e uma galinha viviam nessa casa. O gato, a quem a senhora chamava "meu filhinho", era o grande favorito. Ele levantava as costas, ronronava e seu pelo até soltava faíscas se fosse acariciado da forma errada. A galinha tinha pernas muito curtas, por isso era chamada de "cocó de pernas curtas". Ela punha bons ovos, e sua senhora a amava como se fosse sua própria filha. De manhã, o estranho visitante foi descoberto, e o gato começou a ronronar, e a galinha, a cacarejar.

– Que ruído é esse? – perguntou a velha, olhando ao redor da sala, mas sua visão não era muito boa. Quando viu o patinho, achou que era um pato gordo que tinha desaparecido de casa. – Oh, que prêmio! – exclamou. – Espero que não seja macho, pois assim terei alguns ovos de pato. Tenho de esperar pra ver.

Então, o patinho foi autorizado a permanecer, em experiência, por três semanas, mas não botou nenhum ovo.

Entre eles, agora, o gato era o dono da casa, e a galinha, a dona. E os dois sempre diziam:

– Nós e o mundo – pois eles acreditavam ser a metade do mundo, e a melhor delas.

O patinho pensou que outros podiam ter uma opinião diferente sobre o assunto, mas a galinha não quis ouvir nada a respeito.

– Você põe ovos? – perguntou ela.

– Não.

– Então, faça o favor de segurar a língua.

– Você levanta as costas ou ronrona ou solta faíscas? – perguntou o gato.

– Não.

– Então, não tem direito de expressar sua opinião, quando as pessoas sensatas estão falando.

O patinho sentou em um canto, sentindo-se muito pra baixo, até que a luz do sol e o ar fresco entraram na sala pela porta aberta e ele começou a sentir um desejo tão forte de mergulhar na água, que não conseguiu esconder da galinha.

– Que ideia absurda! – zombou a galinha. – Você não tem mais o que fazer, então tem desejos idiotas. Se ronronasse ou pusesse ovos, eles passariam.

– Mas é tão gostoso nadar! – retrucou o patinho. – E tão refrescante sentir a água cobrindo sua cabeça, quando você mergulha até o fundo.

– Gostoso, realmente! – exclamou a galinha. – Você deve estar louco! Pergunte ao gato, ele é o animal mais inteligente que conheço, pergunte a ele se gostaria de nadar, ou mergulhar, porque eu não vou dar minha opinião. Pergunte à nossa mestra, a senhora: não há ninguém no mundo mais inteligente do que ela. Você acha que ela gostaria de nadar ou deixar a água cobrir sua cabeça?

– Vocês não me entendem – respondeu o patinho.

– Não o entendemos? Quem pode entender você, eu pergunto? Você se considera mais inteligente do que o gato ou a velha? Não direi nada de mim mesma. Não imagine tal absurdo, criança, e agradeça aos céus por ter sido recebido aqui. Você está em uma sala quente e em uma sociedade onde pode aprender alguma coisa, não está? Mas você é um tagarela, e sua companhia não é muito agradável. Acredite em mim, digo isso apenas para seu próprio bem. Posso lhe dizer verdades desagradáveis, mas não digo, e isso é uma prova da minha amizade. Portanto, aconselho que ponha ovos e aprenda a ronronar o mais rápido possível.

– Acho que eu deveria partir pelo mundo de novo – disse o patinho.

– Sim, faça isso! – concordou a galinha.

Então, o patinho deixou a casinha de campo e logo encontrou água para nadar e mergulhar; mas era evitado por todos os outros animais, por causa de sua aparência. O outono chegou, e as folhas na floresta ficaram douradas e alaranjadas. Como o inverno se aproximava, o vento as pegava, quando caíam, e as carregava, girando, pelo ar frio. As nuvens, pesadas de granizo e flocos de neve, estavam baixas no céu, e o corvo ficava nas samambaias, gritando "Crouc, crouc". Era arrepiante só de olhar para ele. Tudo isso era muito triste para o pobre patinho.

Num anoitecer, quando o Sol se punha radiante entre as nuvens, saiu dos arbustos um enorme bando de lindas aves. O patinho nunca tinha visto nada como elas. Eram cisnes, e curvavam seus graciosos pescoços, enquanto sua plumagem macia, de uma brancura encantadora, brilhava. Eles soltavam estranhos gritos enquanto abriam suas asas gloriosas, e voavam daquelas regiões frias para países mais quentes, além-mar. Subiam cada vez mais alto, e o pequeno patinho feio sentiu uma sensação diferente ao observá-los.

Então, ele girou na água como uma roda, esticou o pescoço na direção das aves e soltou um grito tão estranho que se assustou. Conseguiria esquecer aqueles lindos pássaros felizes? E, quando os perdeu de vista, mergulhou e ressurgiu em êxtase. Não sabia o nome daquelas aves, nem para onde tinham voado, mas seu sentimento em relação a elas era algo que nunca tinha sentido por qualquer outra coisa no mundo. Não tinha inveja das belas criaturas, mas queria ser tão bonito quanto elas. Pobre criaturinha feia, como teria ficado feliz em viver em um grupo – mesmo entre os patos, se eles ao menos tivessem lhe dado uma chance.

O inverno ficava cada vez mais frio. O patinho feio foi obrigado a nadar sem parar para evitar que a água congelasse, mas, a cada noite, o espaço em que nadava tornava-se menor. Por fim, ficou tão frio que a água, congelada, estalava quando ele se movia, e o patinho teve que bater as patas o máximo que podia para evitar que o espaço se fechasse. Estava exausto, e acabou ficando imóvel e indefeso, enregelando-se.

De manhã cedo, um camponês que passava percebeu o que tinha acontecido. Quebrou o gelo em pedaços com seu sapato de madeira e levou o patinho para casa, para sua esposa. O calor reviveu a pobre criatura, mas quando as crianças quiseram brincar com ele, o patinho achou que iriam fazer-lhe algum mal e correu, aterrorizado, esbarrando na leiteira e derramando o leite na sala. Quando a mulher bateu palmas, assustou-se ainda mais. Primeiro, mergulhou no tonel de manteiga; em seguida, no barril de farinha. E ficou em uma condição horrível! A mulher gritou e bateu nele com uma colher; as crianças riam e gritavam e tropeçavam, em seus esforços para pegar o pato, mas felizmente ele escapou. A porta estava aberta, e a pobre criatura conseguiu fugir por entre os arbustos e deitar-se, completamente exausta, na neve.

Seria muito triste contar toda a miséria e as privações que o pobre patinho sofreu durante o inverno rigoroso. Mas, quando o tempo melhorou, certa manhã, ele se viu deitado em um pântano, entre os juncos. Sentiu o Sol quente brilhando, ouviu a cotovia cantar e percebeu que a primavera tinha chegado. Em seguida, o jovem pássaro sentiu que suas asas estavam fortes, quando as balançava para os lados e levantava um voo alto. Elas o levaram adiante, até um grande jardim, antes que ele conseguisse entender o que tinha acontecido.

As macieiras estavam em plena floração, e os sabugueiros perfumados dobravam seus longos ramos verdes até o riacho, que serpenteava em torno de um gramado liso. Tudo estava muito bonito, no frescor da primavera. De uma moita por perto, vieram três maravilhosos cisnes brancos, farfalhando as penas e nadando levemente sobre a água calma. O patinho se lembrou das belas aves e sentiu-se mais infeliz do que nunca.

– Vou voar até aquelas aves majestosas! – exclamou. – E elas vão me matar, porque sou tão feio e me atrevi a me aproximar delas. Mas não importa: é melhor ser morto por elas do que bicado pelos patos, espancado pelas galinhas, empurrado pela mulher que alimenta as aves na fazenda ou morto pela fome no inverno.

Voou para a água e nadou na direção dos belos cisnes. No momento em que viram o estranho, eles correram para encontrá-lo, com as asas abertas.

– Podem me matar – conformou-se a pobre ave, inclinando a cabeça para a superfície da água e esperando pela morte.

Mas o que ele viu nas claras águas do riacho? Sua própria imagem. Não mais um pássaro cinza escuro, feio e desagradável de se olhar, mas um cisne gracioso e bonito. Nascer em um ninho de pato, em uma fazenda, não é vantagem para uma ave, se ela vier de um ovo de cisne. Ele agora se sentia contente por ter sofrido tanta dor e angústia, porque isso lhe permitiu desfrutar muito mais todo o prazer e felicidade à sua volta. Os grandes cisnes nadavam em volta do recém-chegado e acariciavam seu pescoço com os bicos, dando-lhe boas-vindas.

No jardim, apareceram algumas crianças, que jogaram na água pedaços de pão e bolo.

– Olhem! – gritou a menor. – Apareceu um novo. – E as outras ficaram encantadas, e correram até o pai e a mãe, dançando, batendo palmas e gritando alegremente. – Outro cisne apareceu! Chegou um novo! – Jogaram na água mais pão e bolo. – O novo é o mais lindo de todos! Tão jovem e elegante!

E os cisnes antigos fizeram uma reverência para o novato.

Ele se sentiu bastante envergonhado e escondeu a cabeça debaixo da asa, pois não sabia o que fazer. Estava tão feliz, e, ainda assim, nem um pouco orgulhoso. Tinha sido perseguido e desprezado por sua feiura e, agora, ouvia dizer que era a mais bela de todas as aves. Até o sabugueiro baixou seus ramos na água, diante dele. O Sol brilhava quente e aconchegante. Então ele agitou suas penas, curvou o pescoço delgado e chorou de alegria.

– Nunca poderia sonhar com tanta felicidade, quando eu era um patinho feio.

Aconteceu foi assim; e como tudo tem fim, também o fim foi assim. ■

Ilustração de W. Heath Robinson

Ilustração de Frederick Richardson

Os músicos de Bremen

Título original:
Die Bremer Stadtmusikanten
(1819)

Jacob e Wilhelm Grimm

Num tempo pra lá de antigamente, um homem era dono de um burro, que, por anos a fio, tinha carregado muitos e muitos sacos de trigo para o moinho. Mas suas forças começavam a diminuir, e ele tinha cada vez menos condições de trabalhar. Com isso, seu dono achou melhor parar de alimentá-lo, para não gastar mais dinheiro com ele. O burro, percebendo que a coisa não estava lá muito boa para seu lado, fugiu: pegou a estrada para a cidade de Bremen, onde, pensou, poderia se tornar um músico.

Mal tinha começado a andar, o burro encontrou um cão de caça caído na estrada, ofegante, como se tivesse corrido até não aguentar mais.

– Por que está tão cansado, pobre cachorro? – perguntou.

– Ah... – respondeu o cachorro. – Como estou velho, cada dia mais fraco e não consigo mais caçar, meu dono queria me matar. Por isso, fugi o mais rápido que pude. Mas, agora, como vou ganhar a vida?

– Sabe de uma coisa? – perguntou o burro. – Estou indo para Bremen, vou me tornar músico lá. Venha viver de música também. Vou tocar alaúde, e você pode tocar bateria.

O cachorro gostou da ideia e seguiu caminho na companhia do burro. Não demorou muito e encontraram um gato sentado à beira da estrada. Tinha uma cara triste, como se tivesse enfrentado três dias de chuva.

– O que aconteceu com você, velha bola de pelos? – perguntou o burro.

– Oh... – respondeu o gato. – Quem pode estar alegre quando sua cabeça está a prêmio? Já não sou jovem, e meus dentes não são afiados como antes; então, prefiro ficar sentado atrás do fogão e ronronar, em vez de correr atrás de ratos. Por isso, minha dona queria me afogar, mas eu sumi de lá. Agora, procuro um bom conselho. Pra onde devo ir?

– Venha conosco pra Bremen. Afinal de contas, você entende de música noturna. Pode se tornar um músico, como nós.

O gato concordou e seguiu com os outros.

Mais adiante, os três fugitivos chegaram a uma fazenda e viram o galo da casa empoleirado no portão, gritando a plenos pulmões.

– Seus gritos estão estourando nossos ouvidos! – disse o burro. – O que há com você?

– Estava só prevendo um bom tempo – explicou o galo –, porque é dia de Nossa Senhora, quando ela lava as camisas de Cristo Criança e precisa secá-las. Mas, como os convidados de domingo estão vindo amanhã pro almoço, a dona da casa, sem nenhuma misericórdia, disse pra cozinheira que quer me comer na sopa, então pretendem cortar minha garganta esta noite. Por isso, vou cantar sem parar, o máximo que puder.

– Que é isso, crista vermelha?! – interveio o burro. – Em vez de se entregar, venha com a gente. Estamos indo pra Bremen, vamos ser músicos. É sempre possível encontrar algo melhor do que a morte. Você tem uma bela voz, e, quando tocarmos juntos, ficará muito bom.

O galo achou a proposta ótima, e os quatro partiram juntos. No entanto, não conseguiram chegar à cidade de Bremen no mesmo dia, e, ao escurecer, entraram em uma floresta, onde passariam a noite. O burro e o cachorro deitaram-se debaixo de uma grande árvore, mas o gato e o galo preferiram os galhos. O galo voou direto para o topo, mais seguro para ele. Antes de adormecer, olhou em volta mais uma vez, nas quatro direções, e pensou ter visto uma pequena faísca queimando à distância. Gritou para os companheiros, avisando que deveria haver uma casa não muito longe dali, pois uma luz estava brilhando.

O burro sugeriu:

– Então, deveríamos nos levantar e ir pra lá, porque essa hospedaria aqui não está nada confortável.

O cachorro disse que ficaria feliz com alguns ossos e um pouco de carne. Assim, seguiram na direção da luz, que brilhava mais intensamente e ficava cada vez maior, até que chegaram a uma casa muito iluminada, que os quatro companheiros não sabiam ser de bandidos.

O burro, o mais alto deles, aproximou-se da janela e olhou para dentro.

– O que está vendo, amigo? – perguntou o galo.

– O que estou vendo? – respondeu o burro. – Uma mesa posta com comidas e bebidas deliciosas, e uns homens muito mal-encarados sentados ao redor, se deliciando.

– Isso seria perfeito pra nós! – observou o galo.

– Ô, e como seria... Se estivéssemos lá! – respondeu o burro.

– Será que são os bandidos que andavam por essas bandas? Muita gente comentou... – disse o gato.

– Pode ser... – completou o burro.

Os animais, então, discutiram bastante sobre como poderiam expulsar os ladrões, e finalmente chegaram a um plano. O burro ficaria nas patas de trás e apoiaria as da frente na janela; o cachorro saltaria nas costas do burro; o gato subiria no cão e, por último, o galo voaria e se sentaria na cabeça do gato.

Assim foi. A um sinal do galo, eles começaram a "cantar", os quatro ao mesmo tempo: o burro zurrava, o cachorro latia, o gato miava e o galo cantava. Em seguida, invadiram a sala, estilhaçando os vidros da janela.

Ao ouvir o terrível barulho, os ladrões pularam de medo, pensando que um fantasma estivesse entrando na casa, e fugiram como loucos para a floresta. Em seguida, os quatro companheiros se sentaram à mesa e, livres, repartiram as sobras, comendo como se fossem jejuar pelas próximas quatro semanas.

Quando os quatro músicos terminaram de comer, apagaram a luz e procuraram um lugar para dormir, cada um de acordo com sua natureza e sua vontade. O burro deitou-se lá fora, num monte de adubo; o cachorro, atrás da porta; o gato, no fogão, ao lado das cinzas quentes; e o galo empoleirou-se na viga do telhado. Como estavam cansados da longa jornada, logo adormeceram.

Quando passou da meia-noite, os ladrões viram, à distância, que a luz na casa não estava mais brilhando e que tudo parecia calmo. O chefe então disse:

– Não deveríamos ter nos assustado e fugido daquele jeito!

E mandou que um deles voltasse e desse uma olhada. O homem encarregado da tarefa encontrou tudo quieto e foi até a cozinha para acender uma vela. Lá, confundiu um par de olhos cintilantes como brasas e pegou um fósforo, tentando acender novamente o fogo. Mas o gato não achou aquilo nem um pouco engraçado e pulou no rosto do bandido, babando e arranhando.

O homem quase morreu de medo e correu para a porta dos fundos, mas o cachorro, que estava deitado atrás dela, pulou e mordeu sua perna. Quando ele passou correndo pelo quintal, ao lado do monte de adubo, o burro deu-lhe um belo coice com as patas traseiras; e o galo, que tinha sido acordado pelo barulho e agora estava alerta, gritou lá da viga:

– COCORICÓÓÓ!

O ladrão correu o mais rápido que pôde; voltou para seu chefe e disse:

– Oh, há uma bruxa horrível sentada na casa: ela cuspiu em mim e arranhou meu rosto com seus longos dedos. E há um homem com uma faca, em pé na frente da porta, que cortou minha perna. E um monstro negro está deitado no quintal, e me bateu com um bastão de madeira. E o juiz, sentado lá em cima, no telhado, gritava: "Tragam o patife aqui!". Então, fiz o que pude pra fugir.

Dali em diante, os bandidos não se atreveram a voltar à casa e foram procurar outro canto. No entanto, os quatro músicos de Bremen gostaram tanto dela, que nunca mais saíram de lá.

Foi assim a história, e a pessoa que a contou ainda está com ela na ponta da língua. ∎

Ilustração de L. Leslie Brooke

Ilustração de Walter Crane

Rapunzel

Título original:
Rapunzel
(1812)

Jacob e Wilhelm Grimm

Num tempo e num lugar muito além de mais além, vivia um casal que há muitos anos desejava, em vão, uma criança. No final, a mulher já acreditava que apenas um milagre pudesse fazer com que seu desejo fosse realizado.

Nos fundos de sua casa, no segundo andar, havia uma pequena janela de onde se podia ver um esplêndido jardim, cheio das mais belas flores e ervas. No entanto, era cercado por um muro alto, e ninguém se atrevia á entrar lá, porque ele pertencia a uma feiticeira muito poderosa e temida por todos.

Um dia, a mulher estava em pé junto a essa janela, olhando para o jardim, quando viu um canteiro no qual tinham sido plantadas as mais belas rapunzéis. A planta estava fresca e verde, e a senhora desejou-a tanto que começou a definhar e a ficar pálida e triste. O marido, alarmado, perguntou:

– O que a aflige, querida esposa?

– Ah... – ela respondeu. – Se não puder comer algumas das rapunzéis que estão no jardim atrás da nossa casa, vou morrer.

O marido, que a amava, pensou: "Não vou deixar minha esposa morrer: trago-lhe algumas rapunzéis, custe o que custar". No crepúsculo, ele desceu pelo muro para o jardim da feiticeira e, apressadamente, agarrou um punhado de rapunzéis, levando-as para sua esposa.

Ela logo fez uma salada e comeu com avidez. Tinham um gosto tão bom que, no dia seguinte, seu desejo era três vezes maior do que antes. Se o marido queria um pouco de paz, deveria mais uma vez ir até o jardim. Na escuridão da noite, ele desceu de novo; mas, quando escalou o muro, ficou com muito medo, pois viu a feiticeira de pé diante dele.

– Como se atreve? – perguntou ela, com um olhar irritado. – Descer em meu jardim e roubar minha rapunzel, como um ladrão? Você vai pagar por isso!

– Oh... – implorou ele. – Deixe a misericórdia tomar o lugar da justiça! Só decidi fazer isso por uma necessidade extrema. Minha esposa viu a rapunzel da janela e sentiu tanto desejo que teria morrido, se não tivesse um pouco para comer.

A feiticeira deixou sua ira passar e lhe disse:

– Se o caso é como você diz, permitirei que leve o tanto de rapunzel que quiser, mas vou impor uma condição: você deve me dar a criança que sua esposa vai trazer ao mundo. Ela será bem tratada, vou cuidar dela como uma mãe.

O homem, aterrorizado, concordou com tudo. E quando a mulher foi ter seu bebê, a feiticeira logo apareceu, deu à criança o nome de Rapunzel e a levou embora.

Rapunzel cresceu e se tornou a criança mais bonita sob o sol. Quando tinha 12 anos, a feiticeira a prendeu em uma torre, que ficava em uma floresta e não tinha nem escadas nem porta: bem no topo, havia apenas uma pequena janela. Quando a feiticeira queria entrar, ela se colocava debaixo dessa janela e gritava:

– Rapunzel, Rapunzel,
jogue-me suas tranças!

Rapunzel tinha magníficos cabelos longos, finos como fios de ouro, e, quando ouvia a voz da feiticeira, trançava seus cabelos e amarrava as tranças em um dos ganchos da janela: elas caíam vinte metros e, assim, a feiticeira subia por elas.

Um dia, poucos anos depois, o filho do rei cavalgava pela floresta e passou pela torre. Nesse momento, ouviu uma canção tão encantadora que ficou parado, prestando atenção. Era Rapunzel que, em sua solidão, passava o tempo soltando sua doce voz. O filho do rei queria subir até ela, e procurou, em vão, uma porta na torre. Foi para casa, mas o canto tinha tocado tão profundamente seu coração que todos os dias voltava à floresta para ouvi-lo. Uma vez, quando estava perto da torre, atrás de uma árvore, viu chegar a feiticeira e ouviu-a gritar:

– Rapunzel, Rapunzel,
jogue-me suas tranças!

Rapunzel jogou as tranças, e a feiticeira subiu até ela.

"Se essa é a escada pela qual se sobe até ela, também vou tentar minha sorte", pensou o príncipe. E, no dia seguinte, quando começou a escurecer, ele foi para a torre e gritou:

– Rapunzel, Rapunzel,
jogue-me suas tranças!

Logo o cabelo desceu, e o filho do rei escalou a torre.

De início, Rapunzel ficou terrivelmente assustada quando chegou até ela um homem – seus olhos nunca tinham visto um –, mas o filho do rei começou a falar como se fossem amigos. Disse-lhe que seu coração estava tão agitado que não lhe dava descanso, e que tinha de vê-la. Então Rapunzel perdeu o medo e, quando ele perguntou se ela o aceitaria como marido, pensou: "Este jovem bonito vai me amar mais do que a velha Senhora Gothel, a feiticeira". Ela disse sim, colocou sua mão na dele e continuou:

– Vou ficar feliz em ir embora com você, mas não sei como descer. Traga uma meada de seda toda vez que vier, e eu vou tecer uma escada com ela. Quando estiver pronta, desço, e você me leva no seu cavalo.

Combinaram que, até chegar o momento de fugir, ele a visitaria todas as noites, pois a feiticeira só aparecia de dia. A bruxa não notou nada, até que, um dia, Rapunzel, distraída, comentou:

– A senhora é muito mais pesada pra eu levantar do que o jovem filho do rei. Ele sobe tão rápido!

– Ah, sua menina má! – gritou a feiticeira. – O que você está dizendo? Pensei que a tinha separado de todo mundo, e, ainda assim, você me enganou!

Em sua raiva, agarrou as belas tranças de Rapunzel, enrolou-as duas vezes em sua mão esquerda, pegou uma tesoura com a direita e "tchuf, tchuf": as lindas tranças foram cortadas e ficaram caídas no chão. A mulher estava tão brava que levou a pobre Rapunzel para um deserto, onde teria de viver em grande sofrimento e miséria.

No entanto, no mesmo dia em que expulsou Rapunzel, a feiticeira prendeu as tranças cortadas no gancho da janela. Quando o filho do rei veio, gritou:

– Rapunzel, Rapunzel,
jogue-me suas tranças!

A feiticeira jogou o cabelo para baixo. O filho do rei subiu e se assustou ao ver, em vez de sua querida Rapunzel, a terrível feiticeira, que olhou para ele com um olhar perverso e venenoso.

– Arrá! – ela gritou, irônica. – Queria buscar sua amada, mas o belo pássaro não está mais aqui pra cantar no ninho: o gato a pegou e vai arranhar seus olhos também. Rapunzel acabou pra você: nunca mais vai vê-la.

O filho do rei estava fora de si e, em seu desespero, saltou da torre. Escapou com vida, mas os espinhos sobre os quais caiu perfuraram seus olhos. Então, ele vagou quase cego pela floresta, não comeu nada além de raízes e frutos silvestres e nada fez além de lamentar e chorar a perda de sua querida Rapunzel.

Assim, por alguns anos, ele perambulou pelos caminhos, até que, finalmente, chegou ao deserto onde Rapunzel vivia na miséria, com os gêmeos que tinha dado à luz – um menino e uma menina. O príncipe ouviu uma voz tão familiar que foi direto em sua direção. Quando se aproximou, Rapunzel o reconheceu, caiu em seus braços e chorou muito. Duas de suas lágrimas molharam os olhos dele, que voltou a enxergar como antes.

O príncipe a levou para seu reino, onde foram recebidos com muita alegria. E viveram felizes por muito tempo.

Tudo isso aconteceu do jeitinho que foi contado, isso é mais do que garantido... ∎

Ilustração de A. H. Watson

Este livro foi composto com tipografia Electra LT Std e impresso em papel Off-White 80 g/m² na Formato Artes Gráficas.